Het dameoffer

Joke J. Hermsen
Het dameoffer

Roman

Uitgeverij De Arbeiderspers
Amsterdam · Antwerpen

Copyright © 1998 Joke J. Hermsen

Niets uit deze uitgave mag worden verveelvoudigd en/of openbaar gemaakt, door middel van druk, fotokopie, microfilm of op welke andere wijze ook, zonder voorafgaande schriftelijke toestemming van BV Uitgeverij De Arbeiderspers, Herengracht 370-372, 1016 CH Amsterdam. *No part of this book may be reproduced in any form, by print, photoprint, microfilm or any other means, without written permission from BV Uitgeverij De Arbeiderspers, Herengracht 370-372, 1016 CH Amsterdam.*

Omslagontwerp: Marjo Starink
Omslagillustratie: Willem de Kooning, *Zittende vrouw*
(Philadelphia Museum of Art)

ISBN 90 295 2097 3 / NUGI 300

I

Ik ben binnen. Althans, ik heb twee houten luiken opengeslagen, een glazen deur van het slot gedaan en een stap over een lage, nauwelijks zichtbare drempel gezet. Bij dit binnen horen zwartgeblakerde balken en dikke stenen muren, die wel erg hun best staan te doen maar er toch niet in slagen enige geborgenheid te geven. De ijzige stilte in de kamer wordt slechts af en toe door het gekrijs van een nachtvogel doorbroken. Het liefst zou ik meteen rechtsomkeert maken. Maar ik heb geen keus. Er wordt wel gezegd: je kunt zus of je kunt zo, en soms denk je dat ze gelijk hebben, maar meestal heb je gewoon te doen wat het lot voor je in petto heeft. Denk dus niet dat ik vrijwillig in de auto ben gestapt om naar dit verlaten oord te rijden. Iets duwde mij achter het stuur en zette mij op een overvolle snelweg naar het zuiden.

De zware regenval had de wegen zogoed als onbegaanbaar gemaakt. Alleen de vrachtwagens durfden nog met tachtig kilometer per uur door te rijden. Telkens als ze mij passeerden smeten ze bakken water op mijn voorruit. En ik daar maar doorheen turen, door al dat water. Wat een nattigheid. Parijs: regen. Limoges: nog meer regen. Cahors: stortbuien. Graag was ik met al dat water naar huis teruggespoeld. Maar het moest verder, al maar verder. Pas na zestien uur rijden kon ik eindelijk, met kramp in mijn handen van het tollende stuur, het steile weggetje naar het dorp inslaan. In de nacht was ik vertrokken, en met de nacht kwam ik aan.

De brede modderbeken aan weerszijden van de weg waren in het donker nauwelijks te ontwijken. Toch kwam ik zonder al te grote glijpartijen boven op de berg aan. Daar sprongen

Guys waakhonden luid blaffend en met grimmig ontblote tanden om de auto heen. Even verder doemden de eerste, verlaten huizen van het dorp op. Grote vierkante blokken van op elkaar gestapelde stenen waar het cement van afbrokkelt, en allemaal een hoge notenboom voor de deur. Links de verwilderde moestuin van Des Jean, rechts de vervallen boerderij, die al meer dan vijftig jaar dienstdoet als hooischuur. Dit landschap kon ik niet alleen uittekenen, ik zat er zelf ook op vastgeplakt.

Liep ik vroeger na een korte vakantie nog dagenlang als een toerist door mijn eigen huis – betoverd door de vreemde glans van de dingen en de minieme verschuivingen die zich tijdens mijn afwezigheid hadden voorgedaan – de laatste tijd zette mijn volwassen geworden geheugen alles binnen een paar seconden weer op zijn oude plaats. Ik hoopte nog wel op zo'n wonderlijk weerzien, maar het gebeurde niet meer. Moe van de reis keek ik door de beslagen autoraampjes naar buiten, maar voor ik het wist, was het alsof ik hier nooit was weg geweest.

Toch kon ik het pad naar ons huis maar met moeite terugvinden. Na wat heen en weer rijden moest ik wel concluderen dat het blijkbaar daar begon waar de braamstruiken het hoogst waren. Dat werd nog een hele toer. De regen trotserend stapte ik uit de auto en duwde de bovenste takken zoveel mogelijk naar beneden, maar ze sloegen zwiepend terug in mijn gezicht en haakten zich vast in mijn kleren. Braamstruiken, samen met slakken en brandnetels de vloek van het platteland.

Mijn moeder loopt langzaam met een metalen vergiet langs de hoge rij braamstruiken. Haar rode zomerjurk plakt aan haar benen. Ze heeft een grote gele strohoed op. Ik rijd op mijn rode fietsje achter haar aan en houd met mijn ene hand mijn bakje op het stuur vast, terwijl ik met mijn andere hand de bramen pluk. Ik probeer zo snel als ik kan zoveel mogelijk bramen voor mijn moeder te verzamelen. Aan mij heeft ze een goeie. Het bakje is al bijna vol. Trots kieper ik het om in het glinsterende vergiet.

'Niet de rode. Ze moeten echt donker zijn, bijna zwart.'

Ik pluk een rode braam, proef hem en spuug hem weer uit. Mijn moeder heeft altijd gelijk. Dan zie ik een heel grote diepzwarte braam. Die heeft ze zomaar laten hangen! Ik leun zo ver mogelijk voorover, steek mijn arm voorzichtig tussen de takken door naar de glanzende vrucht, reik nog verder en val met fiets en al in de struiken.

Ik probeer overeind te krabbelen, maar de doornen trekken aan mijn jurk en snijden zich diep in mijn zonverbrande huid. Mijn moeder komt aangerend en buigt zich in al haar roodblonde zorgzaamheid over mij heen. Ik voel haar koele schaduw over mijn gezicht vallen.

Met een harde ruk trok ik mijn arm los van de braamtak. Ik had de boodschap goed begrepen. Doornroosje kon je blijkbaar niet zonder handschoenen aanpakken. Je moest je eerst door een haag van doornstruiken heen werken, voordat je bij het huis van je herinnering aan mocht komen. Ik zoog het bloed van mijn hand. Er was maar één oplossing: terug naar de auto en flink gas geven.

De neus van de auto doorboorde de kluwen van braamtakken zonder al te veel problemen. Even nam ik schuldbewust wat gas terug, maar aangezien er niemand meer was die zich kwaad kon maken over lelijke krassen in de lak, gaf ik met gesloten ogen nog een laatste dot gas. Hortend en stotend belandde ik achter de struiken en schoot met slippende banden het hoge gras in.

Brandnetels, uienbollen en een kale brem. Ik reed een half rondje door de tuin en draaide de auto zo dat de lampen op de voorkant van het huis schenen. Daar lag hij dan, de stenen droom van mijn ouders. Een kleine boerderij met bruingebeitste luiken, links de later aangebouwde keuken en rechts de waterput met de stokrozen en het houtschuurtje. Het terras glom van de regen. De tegen het huis aan geplante rozenstruik bezweek bijna onder de last van zijn bloedrode bloemen. Breed uitdijende lavendelstruiken lagen platgeslagen op de grond.

Het was opgehouden met regenen. Ik zette de motor uit, deed het portier open en bleef nog even besluiteloos achter het stuur zitten. Suizende stilte. Pas na enkele dagen hield dat suizen in je oren op, wist ik. Je kwam altijd met overspannen oren aan, die niet meteen konden geloven dat het geraas van de stad hier niet meer te registreren viel.

Ik stapte uit en sloeg het portier dicht. Geritsel in de struik pal naast mij. Dat hadden we niet afgesproken. Het zou hier stil zijn, doodstil. Ik haatte onverwachte diergeluiden. Meteen draaide ik me om en wilde alweer terug in de auto kruipen toen Caline, de kat van de buren, onder klagend gemiauw te voorschijn sprong. Met een druipende poes onder mijn arm tastte ik de muur af, zoekend naar het stenen nisje van de sleutel.

2

Een bedompte lucht slaat me in het gezicht. Ik kijk een beetje ongelovig in het rond. Her en der liggen hoopjes zaagsel op de plavuizen: het resultaat van jarenlang gezwoeg van houtwurmen. De zwarte piano in de hoek van de kamer is bedekt met een dikke laag stof. Onder de schouw, die bijna de hele zijkant van de woonkamer in beslag neemt, ligt een roestbruine plas water. Eromheen liggen brokken teer en een paar zwartgeblakerde houtblokken. Voor de rest overal spinnenwebben zonder spin.

De meubels laten zich nauwelijks van elkaar onderscheiden: ze willen koste wat het kost opgaan in een en dezelfde monotone vaalheid. Niet opvallen is het devies. Het zijn vooral de kleuren die niet kloppen. Ik heb de laatste jaren een lichtbruin Rembrandt-palet voor mij gezien, maar krijg er een overbelichte foto voor in de plaats. Geen herinnering kan tegen de werkelijkheid op. Elk van de bewaarde beelden moet capituleren voor wat ik nu zie. Ik begrijp niet wat er is gebeurd. Er wordt een dia op mijn netvlies geprojecteerd die ik niet in de slede heb gedaan.

In de keuken liggen welgeteld drie uitgedroogde muizen, die ik vlug naar buiten schop. Caline snuffelt nog even aan de muizenlijken, maar ze kunnen haar niet bijster boeien. Na deze eerste, onbeduidende schoonmaakactie ga ik uitgeput aan de keukentafel zitten. Genoeg voor vandaag. Morgen zal ik het huis aan een grondige voorjaarsschoonmaak onderwerpen en er al poetsend en boenend mijn stempel op drukken.

De keuken ligt een halve meter lager dan de rest van het huis en het is hier zo mogelijk nog kouder en vochtiger dan in de andere vertrekken. Op de vloeren liggen grote plassen water, waardoor de onderkant van de muren grotendeels met schimmel is bedekt. Grillige, groenblauwe tekeningen die hoog opklimmen tegen de zandkleurige stenen. Een logboek van de afwezigheid.

Alles staat er nog zoals we het die laatste zomer hebben achtergelaten. In het midden de grote houten tafel met de Van Gogh-stoelen, links het donkerbruine buffet en de ijskast, rechts het wijnrek met het voorraadje zelfgemaakte notenlikeur in groene wijnflessen, en aan de muur de vergeelde poster met afbeeldingen van giftige paddestoelen. De gasfles blijkt nog niet leeg te zijn, en ik besluit een kop thee te zetten. Hannah nam altijd grote voorraden thee uit Nederland mee, omdat de Franse thee volgens haar niet te drinken was.

Als ik de kast opendoe om een theezakje te pakken, zie ik op de planken een gekrioel van jewelste. In de plastic dozen met meel en pasta kruipen honderden maden over elkaar heen. De wormen hebben de kleur van de deegwaren aangenomen; het is één witte, trillende massa, die nogal detoneert met de onbeweeglijkheid van de rest van het huis. Ik onderdruk met moeite een opkomende golf van misselijkheid, grijp de theebus en smijt de kastdeur weer dicht.

Hoe maak je een huis bewoonbaar? Hoe voorkom ik dat ik onmiddellijk weer weghol, de deur achter me dichtsmijt en doe alsof ik hier nooit geweest ben? Spullen uit de auto halen, voelen hoe fris het buiten is, kijken hoe het maanlicht het huis wit kalkt, denken aan hoe we altijd 's nachts met z'n drieën de maan gingen bewonderen. En als er geen maan was, dan de sterren. Mijn vader gewapend met zaklantaarn, rode doek en *Welke ster is dat?* Mijn moeder draaiend met haar hoofd en klagend over nekpijn. Nu klaagt er niemand en hoor ik geen enkele kreet van verwondering om mij heen. Heeft het nog zin om te weten waar Cassiopeia zich bevindt, of het dolfijntje springt dan wel duikt en of het helder genoeg is om de Andromedanevel aan de hemel te kunnen zien staan?

Eerst maar eens slapen. Lang en diep slapen. Dan vergeet ik misschien wat ik hier te zoeken heb.

3

Al uren lig ik te draaien tussen de klamme lakens van het naar schimmel stinkende bed. De onmogelijkste vragen drenzen door mijn hoofd en beletten me in te slapen. Met de meest onbenullige zaken probeer ik ze te verdringen. Mijn laatste tentamen, bijvoorbeeld. In gedachten som ik de botten van mijn ruggenwervel op. *Vertebrae cervicales, vertebrae thoracicae, vertebrae lumbales. Os sacrum.* Bezweringsformules, maar ze helpen niet, ik raak niet weg, val nog steeds niet in slaap. Integendeel, mijn ogen moeten open, moeten kijken, hoewel ze steeds minder zien, want de spullen in de kamer lijken het zelf voor gezien te houden, vinden het welletjes en vervloeien langzaam met de duisterende ruimte. En ook mijn lichaam, mijn armen, mijn benen worden steeds meer achter de dingen aan de duisternis in getrokken. Ik kan haast niets meer onderscheiden. Geen licht van donker, geen rond van vierkant, geen dik van dun. Maar toch nog altijd die ene, onmogelijke vraag. *Os frontale, os nasale. Os lacrimale.*

Misschien moet ik de recepten eens uitproberen. Is het niet de hoogste tijd dat ik het kookboek weer eens doorblader? Meestal staat de broccolitaart nog niet in de oven of ik ben al weg. Dit keer is het anders. Achter de pompoensoep duikt het vraagteken weer op. Dan maar proberen leeg te worden en niets meer te verzinnen, alle tekens te laten vervagen.

Het denken aan het niets is een lastige fase. Een noodgreep als al het voorgaande niet lukt. Het niets is voor de mens een van de hardnekkigste obsessies. Op het moment dat je het te pakken denkt te hebben, tovert het zwarte gat toch weer allerlei beelden uit zijn hoge hoed. Het niets is een murmelende tong, die door al het zwijgen heen toch weer allerlei geluiden produceert, woorden mompelt, namen kreunt. *Os sacrum. Os lacrimale.*

Het wordt dit keer niets met het niets. Ik kan niet tegen de beelden op, moet me aan ze overgeven. Vooruit maar, kom maar op. En daar is ze al: Hannah op een geelwit gestreepte tuinstoel. Benen glanzend van de olie. Hannah aan de grote eettafel achter in de tuin, een glas wijn in de ene, een sigaret in de andere hand. Haar door de zon gebleekte haar heeft ze naar achteren gebonden. Een lok valt langs haar bruine gezicht. Overal sproeten. Op haar wangen en haar ronde voorhoofd, maar ook op haar mollige moederarmen. Ze is mooi, en dat weet ze. Ze praat en drinkt en rookt en lacht aan één stuk door.

Het warme, door de zon verdroogde gras prikt onder mijn voeten. De krekels zingen om het hardst, terwijl Hannah nog een fles openmaakt. Achteloos. Zoals alleen zij dat kan. Maar dan ineens, zoals de *vent d'Autan* plotseling op kan steken, een verandering van stemming.

'Soms lijkt het wel of ík ouder word op jouw verjaardag.'

Ik probeer het nog te sussen: 'Kom op ma, stel je niet aan.'

Mijn ogen zijn inmiddels gewend geraakt aan de duisternis. Beetje bij beetje komen de vormen terug. De grove, donkere balken tegen het witte plafond. Op de ene zit een vogel en dáár, vlak erachter, hurkt een kabouter. Ik trek de dekens nog wat hoger op. Was het maar vast zomer. Ik houd niet van dit doorweekte platteland. Geef mij maar een gloeiende, droge hitte. Blootsvoets in de warme nacht blijven zitten. Zoals toen.

Ik begin weer te woelen, draai me om en om, terwijl ik weet dat bij elke draai, bij elke beweging de kans op inslapen verkleind wordt. Er zijn mensen die zomaar in slaap vallen, die hun kussen maar hoeven te ruiken of ze zijn al weg. Veel mannen hebben dat. Pieter bijvoorbeeld. Ik niet, helaas. Onwillekeurig stapel ik voorstelling op voorstelling. Het kleine huis in die onmetelijke tuin. De brandnetels die tot aan de luiken reiken. De ratten en spitsmuizen die zich weldra uitgehongerd aan mijn blootgewoelde tenen te goed zullen doen.

Met geweld duwt de nacht tegen het huis aan. Het houtwerk kraakt. Ik voel hoe de ruimte om mij heen steeds kleiner wordt. Zou ik – in geval van nood – de buren kunnen waarschuwen? De telefoon is afgesloten, niemand zal vanaf hier mijn geschreeuw horen. Wat zouden die oude timmerman en zijn vrouw ook moeten beginnen tegen een dronken zwerver die het op een eenzame toerist heeft voorzien? Of tegen een krankzinnige boer die beneveld en wraakzuchtig om het huis sluipt? Of tegen de hysterische boerin van even verderop als die het weer eens op haar heupen krijgt en haar pyromane neigingen niet langer kan bedwingen?

Kan ik wat vrolijke beelden van vroeger krijgen, alsjeblieft?

Het brede bed in mijn oma's logeerkamer. Sinds zij mij naar bed heeft gebracht, uren geleden, heb ik nog niet geslapen. Dan hoor ik haar eindelijk de trap oplopen en de badkamer binnengaan. Het gebruikelijke gestommel en gespat van water. Zij gaat nu gelukkig ook slapen. Ik hoor haar gebit in het glas vallen. Als ik straks naar de wc moet, zal ik niet naar het plankje boven de wasbak durven kijken. Mijn oma gaat de gang weer op, en loopt zomaar door naar haar eigen kamer. En mijn nachtzoen dan? Ze doet de deur dicht en dan hoor ik niets meer. Het is volkomen stil in het grote huis. Meteen komt er een vreemd soort dreiging onder het bed vandaan. Alsof daar allerlei voorbereidingen worden getroffen.

Ik herhaal voor de zoveelste keer mijn wrede spelletje. Voorzichtig laat ik mijn rechterbeen onder de dekens uit glijden om het halverwege het bed boven de grond te laten bungelen. Niets grijpt mijn enkel vast, niets probeert mij naar beneden te trekken, en toch kan ik de spanning niet uithouden en trek ik mijn voet razendsnel weer binnenboord.

Een tijdje blijf ik roerloos liggen. Ik weet het zeker. Er moet iets zijn. Ik voel het toch, een duister, chaotisch en dreigend iets houdt zich onder mijn bed schuil. Ik moet kijken, om mij ervan te vergewissen dat het niet zo is. Ik raap al mijn moed bij elkaar, ga rechtop in bed zitten en buig vliegensvlug mijn hoofd naar beneden.

Niets.

Nee, natuurlijk niet. Maar gerustgesteld ben ik niet.

Voor geen goud zou ik nu onder het bed kijken. Zo dapper zijn we al lang niet meer. De stilte van de nacht lispelt in mijn oren. Men wordt steeds gekker. Nu begint men ook al de houten luiken kapot te slaan, en zich door de ramen heen naar binnen te wringen. Ik durf alleen nog maar met heel kleine stootjes adem te halen. In heel haar klamme eenzaamheid werpt de duisternis zich op mij. Ik draai en draai, maar de ijle grens tussen nuchterheid en waanzin begint al te vervagen. Dan bereikt het zwart mijn adem, kruipt naar binnen en strekt zich over heel mijn lichaam uit.

Mijn ogen zweven weg uit hun kassen en gluren vanaf de zoldering naar beneden. Men komt steeds dichterbij. Men gebruikt kapotte flessen, elektriciteitsdraden; men weet van gekkigheid niet meer wat te doen. Ik heb het gelezen, ik heb het gehoord. Men deinst nergens meer voor terug. Het gebeurt. Elke dag. Men is buiten zichzelf van woede.

4

Met het laatste restje moed dat ik in me heb, probeer ik de angstspiraal te doorbreken. Doen alsof het dag is, en de nacht, het donker vergeten. Ik gooi de dekens van mij af, doe het licht aan en loop naar de badkamer. De aanvallers zijn verdwenen, maar de beklemming blijft. Hoe lang kan een nacht duren? Hoe kun je zo moe zijn en toch de slaap niet vatten?

Ik draai me weg van de spiegel met het asgrauwe gezicht en laat het bad volstromen. Net niet heet genoeg om een eerstegraads verbranding op te lopen. Voorzichtig steek ik mijn rechtervoet in het bad, die toch meteen knalrood wordt. Daarna mijn linkervoet en vervolgens hurk ik neer, zodat het water tot over mijn knieën komt. Zodra ik ook dat er zonder brandblaren van af heb gebracht, ga ik voorzichtig, alsof ik toch nog met iets rekening moet houden, in het bad zitten.

Tot aan mijn neus zak ik weg in de weldadige hitte. Ik ga kopje-onder in de kolkende waterbron. Een goede belager die mij hier nog zal weten te vinden. Door het kleine venster boven het bad zie ik de kleur van de nacht veranderen. Het zwarte vierkant wordt opengebroken door een vaalroze schemering. Geruststellend teken dat het einde van de nacht in zicht is.

Er is uiteindelijk niet zoveel voor nodig om lichter naar je slaapkamer terug te kunnen lopen. Grijs nevellicht dat de meubels dwingt weer te voorschijn te komen. De eerste, bijna paradijselijk klinkende vogelgeluiden, die het breken van de dag aankondigen. Ik ga weer in bed liggen en dommel weg. Niettemin blijf ik de geluiden registreren.

Wakend slapen. Zoals je dromend op de fiets kunt zitten

en zonder te weten welke route je precies genomen hebt en voor welk stoplicht je nu eigenlijk stil bent blijven staan, ongedeerd op de plaats van bestemming aankomt. Een dubbel bewustzijn. Je bent er wel en je bent er niet. Je bent buiten en toch binnen.

Ik loop vlak langs de lage stenen huizen van een nauwe, drukke straat in een Noord-Afrikaanse stad en probeer elke deur die ik zie open te krijgen. Mijn voeten doen pijn en zitten onder het stof. Ergens moet ik mijn schoenen zijn kwijtgeraakt. Mijn tas met het geld en de papieren zijn ook verdwenen. Ik heb alleen een dunne, mouwloze jurk aan en ik schaam me voor mijn blote armen. Ik moet mij ergens verstoppen, mij ontdoen van de hollende menigte die mij dreigt mee te voeren naar de rand van de stad, waar het grootste onheil wacht. Mijn handen bloeden van de vele schrammen – mijn handen! – en ik druk mij nog dichter tegen de door zwarte balken gestutte muur aan.

Een kromgebogen vrouw in zwarte kleren, haar hoofd bedekt met een zware sluier, wenkt mij vanaf de overzijde van de steeg. Heeft ze een schuilplaats? Kan ik haar vertrouwen? Ik wend mijn gezicht af en zie dan een kat die luid miauwend met zijn kop tegen een oude, vervallen deur aan duwt. Op de grond, tussen het stof, ligt iets glanzends. Ik kan niet goed zien wat het is. Ik span me nog meer in, maar het beeld verduistert en de kat verdwijnt in het donker; alleen zijn klaaglijke gezeur blijft nagalmen.

Hoe lang heb ik geslapen. Een uur? Twee uur? Weer hoor ik het snerpende gemiauw van een kat. Roubert, ik ben in Roubert. Ik stap uit bed, loop naar de woonkamer, waar Caline op mij toe komt gehuppeld, kopjes tegen mijn blote benen geeft en weer naar de deur spurt. Ik open de luiken van de deur en een bedauwde tuin straalt me tegemoet. De kat rent weg, haar dikke witte staart hoog optillend boven het nog natte gras. Ik voel mij een ander dan wie ik slapend ben geweest.

Aarzelend loop ik de kat achterna. Eindelijk zal ik het huis waar ik de afgelopen drie jaar al mijn hoop op heb gevestigd bij daglicht zien. Deze plek moet de vele gaten die in het weefsel van mijn leven zijn ontstaan, weer vullen met herinneringen. Hier, in dit huis, waar ik door mijn ouders van jongs af naartoe ben gesleept, hoef ik misschien niet langer als een kip zonder kop achter die zeurende pijn aan te hollen.

Maar het valt tegen. Vanaf het stenen terras bekijk ik het huis van boven tot onder. Wat heeft het van al die jaren weten te bewaren? Niet veel. Van al die zomers? Geen enkel teken. Ik sta in een zonovergoten tuin te kijken naar een verdwenen idylle. En waarom zulk schitterend weer? Het liefst zou ik de zon onmiddellijk haar licht ontzeggen. Door het hoge gras loop ik naar de zijkant van het huis, richting waterput.

Wat heb ik hier in godsnaam te zoeken?

Thomas heeft na lang aandringen het houten paneel voor de put weggehaald. Ik mag eindelijk naar beneden kijken. Een diep, donkergroen gat vol mos en spinnenwebben. Een bedompte rivierlucht stijgt op.

'Zit er echt nog water in?'

'Ja, luister maar.'

Ik krijg een steen en houd hem boven de put in mijn hand. Het is een witte steen. Hij glimt in de zon. Ik laat hem vallen maar hoor niets. Zelfs niet het suizen van de steen. Ik buig ver voorover. Zou achter de steen aan willen.

'Pas op,' roept Thomas. 'Voorzichtig!'

Oneindig veel later valt de steen met een zachte plons in het water.

'Nog een keer,' zeg ik, 'nóg een keer!'

Ik krijg nog een steen en weer houd ik hem een tijdje stevig vast. Alsof ik mijn handpalm erin wil afdrukken. Dan laat ik de steen los en weer denk ik dat ik nooit het einde van de val zal horen. Als ik er echt niet meer in geloof, gebeurt het. Duidelijker dan de eerste keer hoor ik de steen in het water terechtkomen.

Het gaat niet weg. Het zit me op de hielen en het zeurt in mijn hoofd. Onmogelijk om zo door te gaan. Onmogelijk om nog langer te doen alsof er niets aan de hand is. Dit huis moet getart worden, moet en zal zijn herinneringen en geheimen aan mij prijsgeven. Maar hoe? Ik loop terug naar binnen en kruip onder de dekens. Ondanks het felle zonlicht blijft het donker in de kamer. Ik vind het wel best. Ik wil de overgang tussen nacht en dag zo lang mogelijk rekken. In de schemer leven, en er pas uit komen als ik de dag weer aankan. Wachten op het moment dat ik uit mijn bed kan springen, zonder de beklemming te voelen die thuis in Nederland elke morgen alle zin uit mijn lichaam trekt. Net zoals vroeger, en zonder er ook maar een seconde verbaasd over te zijn.

5

Visioenen van schoongepoetste vloeren, glanzende ramen en vazen vol veldboeketten brengen mij een paar uur later toch in de verleiding om op te staan. Ik zie me al in een flits van opgewektheid met rode wangetjes door de kamers gaan. Stof, vuil en leed van jaren kwiek naar buiten vegend, ramen soppend, spinnenwebben zuigend, vloeren dweilend.

Gedroomde wilskracht. O nee, daaraan ontbreekt het mij niet. Hoe energiek ben ik niet in mijn fantasie. Ik doe van alles! Hier stel ik orde op zaken, daar strijk ik de kreukels glad. Geen Hollandse huisvrouw kan met mij concurreren. Maar zodra ik ook maar één stap in de grote, muffe kamer heb gezet, slaan al die voorjaarstaferelen met een klap tegen de stenen vloer aan gruzelementen. Waar te beginnen? Met welke middelen? Met welke moed?

Onder de harde straal van de douche probeer ik de kater van het onvermogen weg te spoelen. Ik werp mijn hoofd in mijn nek en laat het hete water op mijn voorhoofd slaan. Als om het daarbinnen wakker te schudden, open te breken, wat helderheid toe te laten. Net als ik mij iets beter begin te voelen en van puur enthousiasme een sprongetje maak, schiet er kramp in mijn kuiten en glijd ik in de badkuip onderuit. Ik probeer mijn val nog te breken door met mijn hand de douchestang te grijpen, maar die is zo heet dat ik hem weer los moet laten. Mijn hoofd weet ik nog net in te trekken, maar met mijn rug val ik keihard op de ijzeren kraan. Duizelig van de pijn blijf ik een tijdje onder het stromende water zitten. Dan brengt het steeds kouder wordende water me bij mijn positieven en tast ik voorzichtig met mijn rechterhand het gebied halverwege mijn rug af; links naast mijn bovenste *vertebrae lumbales* komt een enorme buil opzetten.

Gelukkig stelt mijn knorrende maag paal en perk aan de naderende wanhoop: sta op, droog je af, doe wat, ik heb honger.

Hoe vaak ben ik deze weg, die tussen de heuvels door naar beneden kronkelt, niet op en af gereden? Duizend keer, tienduizend keer? Thomas aan het stuur, Hannah ernaast en tot vervelens toe klagend over die schijnbaar zo vanzelfsprekende rolverdeling. Altijd als we net op weg waren. Alsof ze zich dan pas realiseerde welke gewoontes ook bij haar waren ingesleten. De modderbeken langs de weg zijn zogoed als opgedroogd; het is nauwelijks meer voorstelbaar dat het gisteren zo geregend heeft.

In de berm komen de eerste voorjaarsbloemen op: margrieten, klaver, wilde krokussen. De meeste bomen zijn nog kaal.

Misschien was zij wel jaloers geweest op Thomas. In de auto reageerde ze dat dan af, juist als hij eindelijk eens een keer het heft in handen had. Want gewoonlijk deed Thomas wat zij altijd alleen maar probeerde: niets. Dat wil zeggen aan niets en niemand rekenschap afleggen en alleen doen wat hij zelf noodzakelijk vindt. Hannah was daarvoor te praktisch ingesteld. Ze wilde zich wijden aan wat zij interessant vond, maar ze wilde ook geld verdienen met een respectabele baan. In zo'n geval kom je dus op de universiteit terecht.

In de laatste vallei voor het stadje drukt de grote schoolbus die de kinderen bij de her en der verspreid liggende boerderijen aflevert me bijna van de weg. Of ik maar even aan de kant wil gaan voor de jeugd die de toekomst heeft. 'Ideaal, ideaal,' had Hannah elke keer uitgeroepen als Thomas met een ruk aan het stuur de belachelijk brede bus ternauwernood had kunnen ontwijken. Want op dat halen en brengen van school had zij het nooit zo begrepen. En dus had ik altijd een razende moeder om mij heen, die ongeduldig sleutels bij elkaar graaide, tassen zocht, mijn jas dichtmaakte, mijn koffertje volpropte met brood.

Mijn witte koffertje met rode lieveheersbeestjes slaat tegen mijn benen als ik achter mijn moeder over het trottoir van onze straat huppel. Het regent.
Hannah loopt de hele tijd te mopperen dat ze veel te laat is en dat ze zo toch nooit... en hoe ze dat dan allemaal voor elkaar moet zien te krijgen...
'Schiet nu toch eens op, loop eens een beetje door, kom op nou!'
Ik wil niet dat ze boos wordt. Ik probeer nog sneller te lopen, hol achter haar aan, maar probeer ondertussen in de plassen te stampen. Dat mag als je je laarzen aanhebt.
Hannah moppert maar door, haar stem wordt steeds feller.
'Het is gewoon niet mogelijk om alles altijd...'
Ik begrijp het niet. We zijn toch al bijna bij de auto? Dan tilt ze mij ruw en ongeduldig van de straat en probeert me op de achterbank neer te zetten. Terwijl ik dat al lang zelf kan!
Ik zet het op een schreeuwen, brul van 'nee!' en dat ik zélf de auto in wil klimmen, sla met mijn koffertje tegen haar armen en trappel en schop met mijn rode regenlaarzen tegen haar benen.
'Ben je nu helemaal gek... vooruit, schiet op...'
Ik word zo kwaad dat ik huilend 'Ga weg, ga weg!' begin te krijsen. Dan de hand die plotseling uitschiet, mijn wang schielijk raakt, maar mij ondertussen van de wereld slaat.

Onder aan de heuvel rijd ik de hoofdstraat van het stadje in met de onvermijdelijke platanen aan weerszijden van de weg. De supermarkt ligt op een helling tegenover de school. Ik parkeer de auto vlak bij de ingang. Hoe Hannah keek toen ze mij weer op kwam halen. Een voorzichtig polsende blik, geen schuldige of verwijtende, maar een waardoor algauw de lach van het weerzien heen brak.

Er bestond geen grotere troost dan de lach van mijn moeder. De hemel klaarde daar direct van op. Zag dat het goed was. Jaren heb ik teruggelachen. Toen ineens niet meer.

Overdadig tl-licht en lange rijen levensmiddelen die willekeurig in de grote, vierkante ruimte staan uitgestald. Ook hier is weinig veranderd. Zelfs de caissières zijn dezelfde gebleven. De eerste schappen staan vol met wijn en andere alcoholische dranken. De Fransen weten hun prioriteiten te stellen. Ik zoek enkele flessen uit en loop via de koekjes en de zuivel naar de patés en de vleeswaren.

De geur van schoonmaakmiddelen, vermengd met knoflook en de weeë stank van dood vlees. Ik sta over de koelvitrine gebogen en weet niet welke paté te kiezen. Champignon, grof, kruiden of *campagne*? Wanneer zal ik eens doelbewust en in een mum van tijd mijn boodschappen kunnen doen? Voortvarend en zonder aarzeling de enig juiste paté er zo tussenuit weten te vissen? Waarom toch altijd dat gedraal? Ik kijk even van de vleeswaren op, als om bijstand aan de andere winkelenden te vragen, maar dat wordt mij meteen noodlottig. Ik duik weg, want zie een bekende. Babette, een boerin uit een van de belendende dorpen, staat met haar enkele maanden oude dochtertje te wachten bij de slager.

Kan ik nog wegkomen? Ik zou de gang met groente en fruit kunnen inslaan en als een haas kunnen afrekenen, maar bij de kassa staat een flinke rij. Ik voel me schuldig, want ik heb op haar goedbedoelde brieven noch op het geboortekaartje gereageerd. Als ik nu eens heel langzaam terugloop en dan via de wijn weer bij de uitgang probeer te komen? In plaats daarvan buig ik mij nog verder over de patés heen. Vanwaar toch die paniek? Ondanks de koude lucht van de vrieskist voel ik mijn wangen steeds roder worden. Hoe lang kun je zo onbeweeglijk voorovergebogen blijven staan voordat het personeel argwaan krijgt? En wat doen ze dan? Tikken ze je op je schouder en verzoeken ze je vriendelijk om door te lopen?

Of sommeren ze je de zaak onmiddellijk te verlaten? Ik pak snel een stuk paté, smijt het in mijn wagentje en draai me om.

'Det? Det! Ben je terug?'
Ze gunt me geen seconde respijt.
Een mollige baby met donkere krullen en grote blauwe ogen op haar arm.
'Dus dat is je dochter.'
'Ja, dat is Marie-Anne, alweer vijf maanden oud.'
'Ze heeft blauwe ogen,' zeg ik verbaasd.
'Mmm, mooi hè, die heeft ze van haar opa.'
Haar opa. Van verre doemen andere ogen op. Veel lichter dan die van de baby, veel kleiner ook. Scherpe, lichtblauwe ogen. Voordat ik iets kan zeggen, begint Babette ook van alle andere lichaamsdelen de mogelijke herkomst te bepalen.
'Zie je haar neus? Precies die van Michel!'
'Tja,' mompel ik, terwijl ik mijn best doe in dat ronde op elkaar gedrukte stompje het reukorgaan van haar vader te herkennen. En ze ratelt maar door. Over de baby, de boerderij.
'Sinds wanneer ben je eigenlijk terug? Heb je morgen wat te doen of kom je bij ons eten?'
'Ik, nee, ik ben alleen maar...'
'Ik kom je morgen wel ophalen, want dan ben ik toch in Roubert.'
Ik zeg niets, omdat ik niet weet hoe te weigeren. Een oud probleem.

6

Het is heel goed mogelijk een dag door te komen zonder ook maar iets te doen. Je eet wat, drinkt, gaat naar het toilet, kijkt in de spiegel – niet te lang – en gaat weer op de bank liggen. Je staat af en toe op om een sigaret te roken, door het huis te lopen, een appel van de fruitschaal te pakken en gaat weer zitten. Je kijkt naar het stof, de spinnenwebben, de kille, smerige leegte om je heen en gaat weer liggen. Je hoopt dat het malende denken ophoudt. Dat het eindelijk weer eens rustig wordt in je hoofd.

De bank lonkt. Onweerstaanbaar verlangen om te gaan liggen, om weg te raken. Altijd al last van gehad. Toe, kom, eventjes maar, span je niet zo in, kom toch hier. Vooral in tentamentijd. Daar ging ik dan, soms urenlang. Totdat ik de voetstappen van Hannah op de trap hoorde en vliegensvlug overeind schoot om achter mijn tafel te gaan zitten.

Als mijn vader mij wel eens op deze volstrekte ledigheid betrapte, kon het mij nooit veel schelen. Thomas was zelf een wachter. Maar Hannah, daar kwam altijd heibel van. Moet je niet zus, moet je niet zo? Na mijn eindexamen ben ik meteen het huis uitgegaan. Om in alle rust te kunnen liggen. Helaas had ik daar de verkeerde studie voor uitgekozen. De hele week zat bomvol colleges, practica, laboratoriumonderzoek. Tot mijn verbazing kostte dat mij niet eens zoveel moeite; je draaide gewoon met de massa mee in een voorgekookt programma. De problemen begonnen altijd pas als ik thuis zelf iets moest doen. Botten erin stampen bijvoorbeeld.

Zodra ik ook maar het rudiment van een menselijk skelet voor mij zag, kreeg ik zelf knikkende knieën en wilde ik alweer onderuit.

De bank stinkt, ondanks het lavendelwater waarmee ik hem vanmorgen besprenkeld heb, nog altijd naar schimmel. Opstaan dan maar. Iets doen. Maar wat? Mijn spullen pakken en naar Amsterdam terugrijden? Alleen de bezorgde ogen van Pieter weerhouden mij daarvan. De blik van een specialist in wording die zich maar al te graag ook over mijn zielenroerselen wil buigen. Dat zal ik nooit toestaan. Ik weiger het geval 'Det' te worden.

Hannah vond het maar niks, zo'n zielenknijper als schoonzoon. Net zo min als mijn medicijnenstudie. Voor mij reden genoeg om met die botten door te gaan en ook Pieter aan het lijntje te houden, want ik gunde haar natuurlijk geen invloed op mijn liefdesleven. Afzetten wilde ik me. Hoe klassiek. Maar als degene tegen wie je je altijd hebt afgezet ineens spoorloos verdwijnt, blijf je tastend en richtingloos achter. Dan heeft je blik geen houvast meer. Het wordt onderhand wel eens tijd dat ik mijn eigen koers probeer te varen, mijn eigen blik probeer te volgen. Maar die ogen van mij, die willen niet. Die schieten van links naar rechts en blijven nergens aan hangen. Op hol geslagen.

In de keuken werk ik snel een handvol koekjes naar binnen.

7

De boerderij van Babette ligt zo'n tien kilome~~ter verder~~op naar het noorden. Ze scheurt met ruim tachtig kilometer per uur over de smalle weggetjes voor mij uit en ik kan haar maar nauwelijks bijhouden.

Op het land een boer die op zijn tractor zit te schudden. Hij doet me aan Thomas denken, met zijn hoekige, bijna vierkante gezicht, de scherp vooruitstekende kin en het hoge voorhoofd, waaronder de oogkassen met de kleine, grijsblauwe irissen zich lijken te verschuilen. Ik plaagde hem er altijd mee dat ik hem op die arbeiders van de Russische propagandadoeken vond lijken. Ik passeer enkele dorpen met steevast een kruisbeeld, een bakker en soms een kerkje in het midden. Geen mens op straat. Het is blijkbaar nog te koud om de hele avond als een bejaarde sfinx tegen de deurpost aan te leunen.

Waar is Babette nu gebleven? De lichten van haar auto zijn verdwenen. Op goed geluk sla ik onder aan de heuvel rechtsaf. Het is aardedonker. De maan komt slechts af en toe achter een zware wolkenmassa te voorschijn. Is dit wel de afslag naar Caylus? Ik tuur ingespannen door de voorruit en zie tot mijn opluchting de rode achterlichten van haar auto in de verte opduiken. Ik herken de weg nu. Een van de weinige waarlangs dennenbomen staan. Onwezenlijke vermenging van Zwitserland en Zuid-Frankrijk. Iemand heeft hier een vergissing begaan. Verkeerde bomen op de verkeerde plaats.

Het landschap ziet er ruig en dreigend uit. De winter heeft het zo hard gemaakt dat het koppig weigert de passanten in zich op te nemen. Had ik al eens eerder meegemaakt. Veel heftiger nog dan nu. Hoewel ik tot over mijn oren onder het zand zat, mocht ik er geen deel van uitmaken. Ik heb er gestaan, in die oneindige woestijn, en gewacht en gehoopt, maar er kwam niets. Te groot, te ontzaglijk voor één mens. Toen Pieter, die mij met zachte hand de auto weer in duwde. Handen die beschermen willen en tot vergeten aansporen.

Babette voert de snelheid op dit rechte stuk nog meer op. Zij kent de weg natuurlijk, maar ik weet bijna zeker dat daar plotseling een scherpe bocht zal opduiken. Ik vertrouw toch maar op haar achterlichten.

Onze laatste zomer met zijn drieën. Hier, in Roubert, nu bijna drie jaar geleden. Mijn gesprekken met Thomas leken soms meer op een kruisverhoor. Waarom stelde ik ineens al die vragen? Hoe is het geweest voordat ik er was? Waarom hebben jullie mij gekregen? Waarom niet meer kinderen? De antwoorden had ik eruit moeten trekken. Of voor de helft zelf aan moeten vullen, zoals Hannah ook altijd deed. Hij werd daar gek genoeg nooit kwaad om, maar was opgelucht als iemand anders de onmogelijke conversatie van hem overnam.

Babette slaat rechtsaf het pad naar hun afgelegen boerderij in. Ik volg haar en parkeer mijn auto naast de hare tegenover de hooischuur. Alleen in de schapenschuur brandt nog licht. Ik heb verschrikkelijke honger en zin in een glas wijn. Ik loop door de modder naar de boerderij en voel met elke stap de klemmende greep van de hand die al zo lang mijn keel dichtknijpt iets losser worden.

Babette is negen maanden na mij geboren, en Hannah en Thomas waren opgetogen dat er in de omgeving van ons dorp een speelkameraadje voor mij was gekomen. Alle zomers waren we samen. Pas vanaf een jaar of dertien werd dat minder. Babette had weinig interesse voor de dingen die mij toen hartstochtelijk bezighielden – het ontleden van insecten, de reconstructie van een mierenhoop – en was, wat de natuur betreft, voornamelijk door het andere geslacht geboeid. Zodra ze een brommer had, ging ze elke dag naar het stadje, waar ze in de cafés rondhing. Tot vervelens toe begon ze mij over haar veroveringen te vertellen. Soms ging ik met haar mee, maar de jongens op wie zij een oogje had, vond ik zelden mooi, laat staan indrukwekkend. Toen ze bij gebrek aan beter een keer met de grootste schlemiel van het stadje uit was geweest, heb ik vreselijke ruzie met haar gemaakt. Daarna is het nooit meer goed gekomen. Ik kon maar niet begrijpen dat zij zich zo jong al zorgen maakte over haar huwelijksperspectieven.

Ik begroet Michel en help met het voeren van de beesten. Eerst zij, dan pas mogen wij. Terwijl Babette kookt en Michel voor de tv hangt, speel ik wat met de baby. Hoor de verhalen over de bevalling aan. Denk aan Hannah, die ook nooit kon ophouden mij daarover te vertellen. Meestal probeerde ik haar te onderbreken, behalve dan die laatste zomer. Toen wilde ik alles weten. Alsof ik op de valreep nog wat twijfels wilde wegwerken.

Op de vraag van Babette waarom Pieter niet is meegekomen, mompel ik iets ontwijkends. Geen zin om nu al met ingewikkelde relatieverhalen aan te komen. Ik zou hem morgen eens kunnen bellen. Hij weet niet eens waar ik ben.

Dan worden de lamsbouten opgediend. Vlees van eigen makelij, net zo vers als dat van de kleine Marie-Anne, maar dan dood en van het mannelijke geslacht. Op een boerderij waar gemolken wordt, hebben vrouwtjes de voorkeur. Michel grinnikt om mijn verbouwereerde gezicht. Ik neem een hap en spoel het kruidige babyvlees weg met een flinke slok wijn. Enkele uren later val ik gelukkig zonder al te veel schaapjes te hoeven tellen in een diepe, droomloze slaap.

8

Het knetteren van de houtblokken in het vuur verdrijft de stilte die met de vallende nacht is ingetreden. Weer een dag voorbij. Ik kijk naar het gevecht dat het sissende hout voert met de grijpgrage vlammen die zich om de blokken wentelen. Hoewel ik pijn in mijn ogen krijg van al dat staren in het vuur, kan ik mijn blik er toch niet van weg draaien. Niet dat die vlammen zelf mij nu zoveel te denken geven; maar hoe intenser ik naar ze kijk, hoe verder ik wegzak in een wereld vol schimmige herinneringen.

Hannah voor de open haard, verdiept in haar schaakspel. Haar haren schitteren in het vuur van de vlammen. Thomas vraagt mij of ik zijn plaats niet in wil nemen, omdat hij weer eens genadeloos wordt ingemaakt. Hannah's lachende protest. Overal kaarsen, want ja, het is kerst. Ik bedank voor de eer, want ik ben verantwoordelijk voor het hoofdgerecht: konijn in mosterdsaus.

In de keuken versgeplukte hulsttakken met rode bessen aan de muren. Uit de kamer hoor ik de ijle stemmen van Pergolesi's *Stabat Mater* en het gekibbel van mijn ouders over een mogelijk onverstandige zet van Hannah. Ik open de ovendeur en deins achteruit voor de hete stoom die van het gerecht af slaat. Nog vijf minuten. In mijn zwarte Edith Piaf-jurk ga ik aan de tafel zitten en maak de brief aan Pieter af, die ik enkele weken geleden heb ontmoet.

'Mat!' hoor ik even later. Hannah's triomfantelijke stem.

'Champagne,' verzucht Thomas, die beteuterd de keuken binnenkomt.

'Ik heb geen leven met al dat slimme vrouwvolk om mij heen.'

Ik plak de envelop dicht en leg hem opzij. Thomas gaat achter mij staan en leest nieuwsgierig het adres.

'Zeg, krijg ik eindelijk versterking?'

Mijn ogen beginnen te tranen van de rook. Ik sta op en zet een raam open. Gezellig, zo'n open haard. De meeste warmte verdwijnt onmiddellijk in de schoorsteen en de rest vlucht door het raam naar buiten. Ik begin door de kamer heen en weer te lopen. De zwarte piano in de hoek van de kamer kijkt mij verwijtend aan. Wordt het niet eens tijd om de klep te openen? Al maanden heb ik geen noot gespeeld. Hoe langer het duurt, hoe meer ik opzie tegen de ellenlange oefeningen om het spel weer op het oude peil te krijgen.

In de werkkamer van Hannah ga ik achter haar stoffige bureau zitten. Soms werd ik hier vriendelijk begroet, soms geirriteerd weggewuifd, maar altijd die spanning, die in sigarettenrook gedrenkte spanning die in de kamer hing. Voor mij staat de uitpuilende boekenkast en op het bureau ligt een stapeltje door het vocht kromgetrokken werken van Ovidius, Gadamer, Corbin. Boeken, boeken, boeken. Mijn moeder en boeken: altijd en overal. Zoals het een professor geschiedenis betaamt. 'Dat ben ik tegen wil en dank geworden,' had zij gezegd. Onzin natuurlijk. Ze had er keihard voor gewerkt. 'Ik heb nog nooit kunnen schrijven wat ik werkelijk had willen schrijven.' Misschien was ze daarom altijd als een bezetene doorgegaan.

'Mama?'
'Mmm.'
'Mamaatje?'

Ik draai om haar bureau heen en twijfel nog of ik het haar zal vragen. Maar omdat ze de hele tijd voorovergebogen blijft zitten, niet eens opkijkt, mij niet groet of antwoord geeft, zeg ik het lekker toch.

'Mama. Wat gaan we doen vandaag? We zouden toch naar de stad gaan?'

Geen antwoord. Alleen het gekras van haar vulpen. Wie schrijft er zo snel als mijn moeder? Haar sigaret ligt te roken in de overvolle asbak. Wat stinkt het hier. Ik voel de spanning in de bedompte kamer stijgen. Ze zal toch niet boos op mij worden? Maar ze heeft het zelf...

'Mama...'

Ik ga vlak naast haar staan, leun met een elleboog op het bureau en kijk haar vragend aan.

'Mamaatje...'

'Ja, ja, wat is er? Ik heb nu even...'

Nog kijkt ze niet op. Ik pak een schrift van tafel.

'Nee, niet doen, wacht even... niet aankomen, ik...'

Naast mij zit niet mijn moeder, maar een op hol geslagen geest. Ik hou niet van die geest, met zijn wijd opengesperde ogen en de tot een dunne streep getrokken mond. Het is mijn moeder niet. Het is iemand anders, voor wie ik er niet toe doe, voor wie ik niet besta. Maar ik wil naar de stad, omdat we nieuwe kleren voor mij zouden kopen. Ik probeer het nogmaals, via een omweg.

'Wat ben je eigenlijk aan het doen?'

Dan kijkt ze op. Eindelijk. Ik zie haar vermoeide ogen en haar verkrampte mond. Ze kijkt me aan en aarzelt nog. Ik voel haar zuchten, denken, weifelen. Nog kan het alle kanten opgaan. Ik probeer mijn kansen in te schatten, ga weer iets verder van haar af staan.

'Ben je aan het schrijven?'

'Ja, ik moet dit nog afmaken en dan...'

Ze mompelt verward wat voor zich uit, schuift de vellen papier heen en weer, kijkt mij nogmaals aan, legt haar pen neer, leunt achterover en begint te lachen.

Ze lacht! Vandaag geen scène, geen strijd. Ze lacht en haar

gezicht opent zich voor mij; het wordt al zachter, minder streng. Ik kruip bij haar op schoot en vlij me tegen haar aan. Wie ruikt er zo lekker als mijn moeder? Ze kust me op mijn hoofd, in mijn nek. Ik leg mijn armen om haar hals.
'Een heel mooie jurk, goed?'

Ik veeg het stof van het bureau en open de bovenste lade. Postpapier, brieven, ansichtkaarten, onbeschreven enveloppen, schrijfgerei. In de andere laden stapels kopieën en artikelen; onderzoeksmateriaal voor het laatste boek waaraan ze gewerkt had. *Hora est* zou het gaan heten. Nu, dat kun je wel zeggen.

Languit in de tuin, ik op mijn buik in het grasveld en zij in haar ligstoel, gaf ze me weer eens ongevraagd college.

'Het is tijd, de hoogste tijd, nietwaar, dat historici de tijd nemen om over de tijd zelf na te denken, en niet langer doen alsof zij er heer en meester over zijn. Alsof er maar één duidelijk zichtbare tijd voorhanden is en geen andere, meer onderhuidse tijd ondertussen ook zijn werk doet. Zoals er ook ondergrondse rivieren zijn, terwijl op elke topografische kaart alleen maar de bovengrondse getekend worden.

Of ze nu traditionele volkerengeschiedenissen schrijven of meer moderne, literaire detailstudies, altijd heeft het geloof overheerst dat met het in kaart brengen van de feitelijke gegevens het karwei geklaard is, maar wat gaat daarbij niet allemaal verloren? Wat en wie wordt er niet verzwegen, onder het kleed geveegd en met het stof der geschiedenis bedekt? En hoe kun je op overtuigende wijze een segment van de tijd losweken en dat schijnbaar onaangedaan en alsof je er zelf niets meer mee te maken hebt als afgerond studieobject voor je leggen? Wat is de zin daarvan? Anatomie is het, lijkengepluk.'

'Zeg, dat is mijn terrein, hoor.'

Een vaag knikje in mijn richting en verder ging het alweer.

'De enige geschiedenis die er nog te schrijven valt, is die

van de dubbelzinnigheid. Laten zien hoe de tijd telkens weer anders is dan we gedacht hebben, dat er niet zoiets bestaat als dé geschiedenis, en recht doen aan deze ambivalentie, zodat er ook recht gedaan kan worden aan de ondergrondse tijd, die zijn eigen loop kiest en onverwacht onze denkbeelden in een heel ander perspectief plaatst.'

En zo was het nog een tijdje doorgegaan. Halverwege moet ik in slaap zijn gevallen, want toen ik opkeek was ze verdwenen en hoorde ik haar door de openstaande luiken driftig op de toetsen van haar draagbare computer slaan.

De onderste la van het bureau is afgesloten. Nooit geweten dat die op slot kon. Ik pak de *Metamorphosen* van Ovidius van de boekenplank en doe de bureaulamp uit. Waar zou de sleutel van die la zijn? Morgen zal ik eens op onderzoek uitgaan. In de badkamer poets ik mijn tanden. In de spiegel zie ik twee vermoeide ogen met een scherpe rimpel ertussen. Krijgen we daar nu ook al last van? Hannah en haar rimpeltjes. Wat een toestanden. Kapitalen besteedde ze aan crèmes.

'Waarom zijn rimpels bij mannen veel minder storend dan bij vrouwen?'

We staan met zijn drieën onze tanden te poetsen in de badkamer. Hannah kijkt in de spiegel en trekt een zorgelijk gezicht. Thomas haalt zijn schouders op.

'Nee, ik meen het. Bij een man denk je: die is dik of dun, kaal of grijs, maar bij een vrouw zie je onmiddellijk de rimpels.'

Thomas en ik poetsen onverstoorbaar door, want we weten: dit is een netelige kwestie. Hannah geeft het echter nog niet op. Met haar mond vol tandpasta mompelt ze: 'De meeste mannen worden pas mooi als ze de veertig naderen, alsof ze dan pas hun ware gezicht krijgen, terwijl de meeste vrouwen dan alleen nog maar aftakelen.'

Thomas kijkt haar aan.

'Ik ken veel mooie, oudere vrouwen.'

'O ja, wie dan bijvoorbeeld?'
'Nou, er staat er eentje vlak naast mij.'
'Behoor ik nu ook al tot de categorie oudere vrouwen?'
Over dit onderwerp kun je nooit iets goeds zeggen.

Ik laat de wasbak volstromen en gooi een plens water in mijn gezicht. En nog een. Terwijl ik aandachtig in de spiegel kijk, droog ik mijn gezicht. Lijk ik nu werkelijk zoveel op haar?

'Zeg maar niks, dat moet je dochter zijn. Twee druppels water.'
Uitdrukkingsloze grijns op mijn gezicht. Ik hoop dat het gauw weer op zal houden. Dat ze het over iets anders krijgen. Hannah's collega is dat echter nog lang niet van plan. Terwijl hij onze voorhoofden, neuzen en haren erbij sleept, kijk ik om me heen de feestelijke zaal in, waar Hannah net een lezing heeft gegeven.
'Ik meen het. En allebei even mooi.'
Slijmbal. Waarom blijft Hannah daar nu staan? Waarom begint ze nu ook nog op haar veel te hoge hakken koket heen en weer te draaien?
'Vind je echt?'
Ik moet hier heel snel een einde aan maken, voordat ik gekke dingen ga zeggen of die mallotige professor bij zijn lurven grijp. Ik trek haar voorzichtig aan haar arm en zeg: 'Kijk, daar loopt pa. Kom je mee?'
Hannah kijkt verstoord om zich heen.
'Waar dan, Det, ik zie niemand.'
'Ja, echt, sprekend, twee zusterlijke schoonheden.'
Hannah grinnikt.
'Nou, zusterlijk... Nu overdrijf je.'
Ik begin aan haar arm te trekken.
'Ik overdrijven? Hannah, je weet dat ik met betrekking tot vrouwelijk schoon...'
'Ma, meekomen, nu!' sis ik in haar oor.

'Dag Kees, ik geloof dat Det, tot ziens hè.'
Gered. Aan het buffet haal ik twee glazen wijn.
'Dit is mijn feestje, hoor je.'
'Ja ma, proost!'

In bed komen Babettes verhalen over de bevalling weer bovendrijven. Hoe haar weeën algauw met een ruggenprik in het ziekenhuis werden weggemoffeld. Dat ze haast niets had gevoeld. Geen pijn, geen angst, en voordat ze het wist was Marie-Anne geboren. Babette vond het een uitkomst. Gods vervloeking van de vrouw gepareerd. Dat had Hannah eens moeten horen.

9

Ik loop maar naar die verdomde bureausleutel te zoeken. Het laat mij niet meer los; ik moet en zal die sleutel vinden. Niet wetend wat ik met de dagen aan moet, hoe het uit te houden in dit verlaten oord, keer ik om de zoveel uur het hele huis om. Alles heb ik overhoop gehaald. De buffetkast in de keuken, de dekenkasten in de slaapkamer, de secretaire in de woonkamer. Zelfs de stenen potten op de schouw – een fijn staaltje van regionale keramiekkunst – onderwerp ik aan een nauwkeurig onderzoek.

Alleen het atelier van Thomas, dat buitenom via een gammele houten ladder naar de zolder te bereiken is, heb ik nog niet doorzocht. Als ik achter het huis de ladder ga halen, begint het ineens weer keihard te regenen. Ook dat nog. Ik ben al doorweekt voordat ik mijn hoofd door het wat laag uitgevallen deurtje steek en het atelier op handen en voeten binnenkruip. Het is er aardedonker. Mijn voeten knisperen op de stroken glaswol die Thomas bij wijze van isolatie op de houten vloer had gelegd. Ik schuifel voorzichtig tastend naar de overkant van de zolder, stoot toch mijn hoofd nog een paar keer tegen de laaghangende balken, maar vind gelukkig vrij snel de stekker van de grote tl-buis, die flikkerend aanspringt.

Tussen het stof en de naar binnen gewaaide bladeren liggen een paar afgestroopte huiden van slangen. Op de lange houten tafels slingeren losse tekeningen, schetsboeken, kwasten, houtskool, verftubes, en aan de muur hangt een onafgemaakt schilderij. Weer zo'n smal, langwerpig doek, dat bijna de hele zijmuur in beslag neemt. Twee vlakken, geel en blauw, die aan de horizon naar elkaar afbuigen. Links een grove, zwarte vlek die op een enorme klifrots lijkt. Zit daar ook nog wat tegen die rotsen aangeplakt? Vanuit het blauw komt een reusachtige witte vogel met gele vleugels op de rots aangevlogen.

De regen klettert op het dak. Verdwaasd blijf ik onder het neutrale tl-licht naar het langwerpige schilderij kijken. De schots en scheef zittende stenen van de oude muur springen witglanzend naar voren en vormen een grillige achtergrond voor het felgekleurde doek. Had hij ooit eerder zulke scherpe tonen gebruikt? De glanzend gouden vleugels doen pijn aan mijn ogen. De zee is van een fluorescerend blauw.

Ik loop nog dichter naar het schilderij om het figuurtje op de rots beter te bekijken. Van verre zie je het nauwelijks, maar nu kan ik duidelijk een jonge vrouw onderscheiden, met lichtblonde haren en een grijs gewaad aan. Haar handen en voeten zijn aan de rots geketend. Haar wijd opengesperde ogen staren omhoog naar de reusachtige vogel die op haar af komt vliegen. Rechts onder in het schilderij staan enkele Griekse regels geschreven. Ik kan ze niet ontcijferen.

Het begint steeds harder te regenen. Ik kijk nogmaals naar het schilderij, de werktafel, de dozen met verfspullen, de keurig schoongemaakte kwasten in de glazen groentepotjes. Zo stil als het daar allemaal staat te wachten. Een mens kan zo stil niet zijn. Vandaar die drift die me ineens te pakken krijgt en alles kort en klein wil slaan. Maar in plaats van het verlaten atelier te lijf te gaan, gris ik een stapel schetsboeken van de tafel en klim ik in de stromende regen langs de ladder omlaag.

De schetsboeken heb ik op de tafel in de keuken gesmeten. Met een handdoek om mijn haren, droge kleren aan en een wollen deken om mij heen heb ik mij op de bank tegenover de haard geïnstalleerd. Probeer deze dag, de regen, de sleutel, alles en iedereen te vergeten. Maak plannen om terug te gaan. Morgen. Vanavond nog. Denk dan aan mijn laatste etentje met Pieter.

Wat kreeg ik genoeg van dat toontje, bedisselend en smekend tegelijkertijd. En dan die belachelijke vraag. Dacht hij nu echt dat ik me vereerd zou voelen? Maar nee hoor, geen spoor van vreugde of zelfs maar verrassing. Niets, helemaal niets. Of liever, alleen maar beklemming en de hevige aandrang weg te rennen van dat tafeltje met het smetteloze witte kleed en de opgepoetste kandelaars, weg uit dat restaurant, door zijn collega's ten zeerste aanbevolen.

Het is geen vraag. Het is ook geen bevel. Het is iets ertussenin. Maar dit iets is loodzwaar van de morele verplichtingen en de in tedere overgave gedrenkte chantage. Dat deze vraag nog gesteld wordt aan het einde van de twintigste eeuw. En nog wel aan mij, dochter van Hannah van Vliet, die te pas en te onpas tegen het huwelijk ten strijde trok.

'Det?'

Pieter kijkt mij over zijn kalfsschotel met dromerige waterogen aan.

'Je vindt het misschien gek, maar ik...'

'Hmmm?'

'Ik heb er lang over nagedacht en denk dat het, ook gezien de situatie, het beste zou zijn.'

'Wat bedoel je?'

Ik heb even geen aandacht voor hem, want ik moet mij tot het uiterste op de vis concentreren; ik wil de graat van de forel er ditmaal in één keer en ongebroken uittrekken.

'Sorry, ik hoorde even niet wat je zei.'

'Det, ik...'

Tegenover mij fronst het hoge voorhoofd zijn donkerblonde wenkbrauwen. Ik hou niet van dat smekende in zijn blik.

'Ik zou best nog wat van die witte wijn lusten, die vis is heerlijk, zonde om hem niet met nog een glas...'

Ik wenk de ober en terwijl ik wacht schiet er weer zo'n eigenaardig zinnetje door mijn hoofd: 'Dronken red ik me met jou uitstekend.'
Ik krijg mijn wijn en drink er gretig van.
Pas als de ober onze borden heeft weggenomen, met bovenop de ongeschonden graat, durft Pieter de zaak opnieuw aan de orde te stellen.
'Det?'
Ik ben loom geworden van de vele glazen wijn en staar onderuitgezakt naar de overige bezoekers van het restaurant.
'Hoe lang zouden die twee elkaar nu al kennen?'
'Welke twee?'
'Nou die daar, aan dat tafeltje bij het raam. Als ze de hele avond drie woorden met elkaar gewisseld hebben is het veel...'
'Ik heb geen idee, maar luister, ik wil je wat vragen.'
'Tja, waar hebben wij het eigenlijk over gehad?'
Ik kan het me echt niet meer herinneren en kijk hem even vragend aan.
Pieter maakt direct van de gelegenheid gebruik. Daar komt het dan, het aanzoek, gestameld en wel, en opgediend met talloze argumenten.
'Gezien de situatie? Welke situatie?' is alles wat ik weet te antwoorden.

Wat bezielt die jongen eigenlijk? De situatie is inderdaad verre van rooskleurig, maar ik twijfel er sterk aan of zijn aanzoek daar verandering in kan brengen. Eigenlijk twijfel ik overal aan. Dat is het ergste, die niet-aflatende twijfel die mij bij klaarlichte dag op de bank of in bed doet belanden.

Vroeger was alles zo vanzelfsprekend. Nu heb ik voortdurend het gevoel langs een afgrond te lopen. Er is maar een zuchtje wind voor nodig om mij de diepte in te blazen. Pieter heeft dat natuurlijk in de gaten en probeert me op te vangen in zijn net van status en sociale zekerheid. Mijn studiegenoten hebben dezelfde neiging, die vinden hun opleiding heel wat en een relatie met een psychiater biedt naar hun zeggen behoorlijk wat perspectief. Op hoge inkomsten, exclusieve tripjes naar de Maladiven en een gouden kooi van vier muren om hen heen, zullen ze bedoelen.

Maar kunnen luxe en overdaad voorkomen dat iemand langzaam door de waanzin wordt opgeslokt?

Met geen mogelijkheid kan ik nog zeggen wat ik voor hem voel. Zijn sussende en kalmerende manier van optreden is mij steeds meer tegen gaan staan. Soms denk ik dat hij alleen maar wil vergeten en zoiets belachelijks als een 'nieuwe start' wil maken. Alsof dat mogelijk is. Zolang ik door drijfzand ploeter, valt er geen nieuw huis te bouwen. Hij kan dat maar niet begrijpen. Als je bouwt komt het fundament vanzelf, is zijn sullige mening.

Na het etentje ben ik weggerend. Voor het eerst werd het mij duidelijk dat het de hoogste tijd was met mijn verleden in het reine te komen.

Sinds drie jaar ben ik het spoor bijster. Drie jaar wacht ik nu, op een enkel teken, een kleine aanwijzing, een mogelijke verklaring voor de verdwijning van mijn ouders. Daarom ben ik hier naartoe gekomen. In de hoop iets te vinden, iets terug te vinden. Er moet toch iets overgebleven zijn. Want zo kan het niet langer. Ik weet nauwelijks meer hoe van de ene minuut in de andere te komen.

In het begin overschreeuwde ik mijn ongeloof nog met een verbazingwekkende daadkracht en energie, maar die zijn al lang verdwenen. De kop ingedrukt door een legioen van Afrikaanse ambtenaren. Nog zie ik de grijnzende gezichten van de hevig transpirerende politiefunctionarissen voor mij. Niet in het minst onder de indruk van mijn verhaal. Ze kijken me aan alsof ik mijn tas ben kwijtgeraakt. De druppels die van onder hun petten op de witte kragen van hun uniformen vallen. De zangerige stemmen: *'Ça arrive madame, ça arrive.'*

En maar weer verder dwalen over de marmeren vloeren van het enorme gebouw. Overal vlaggen en goudkoperen plakkaten. Grijze strepen op de grond die door het glanzende marmer heen kruipen. Een niet te stuiten verlangen om overal op de bruingelakte deuren te bonzen. 'Doe iets. – Laat me naar binnen.'

Pieter die me meetrekt. 'Kom nu maar, kom.'

10

Een kolossaal rond plein, omgeven door overhellende huizen van beige en roze stenen. Pieter heeft de auto midden op het plein geparkeerd, want we moeten ons haasten om nog op tijd in het ziekenhuis te zijn. Het zijn mijn ouders, geloof ik, die daar met ernstige verwondingen zijn opgenomen, maar zeker weten doe ik het niet en Pieter durf ik het niet nog een keer te vragen. Het is van het allergrootste belang dat we op tijd komen. We moeten hollen, ondanks de verschrikkelijke hitte die op de ronde, glanzende stenen van het plein slaat. Ik houd een baby in mijn armen, wat het rennen nogal bemoeilijkt, en probeer de ingang van het ziekenhuis te vinden. Er stond toch 3, *place de la Liberté*? Aan een hoge ijzeren poort zien we een wit bord met een rood kruis hangen, waarop in vette letters staat: *Interdit aux enfants*. Ik kijk naar Pieter.

'Terug,' sist hij, 'terug naar de auto.'

We hollen terug naar de auto en Pieter haalt een grote zwarte ketting uit de achterbak. We leggen de baby in zijn wagen, die we aan de auto vastklinken. We steken het plein weer over, maar ik moet telkens achterom kijken. De wagen staat in de brandende zon en ik zie de armpjes en beentjes van het kind boven de rand uit spartelen. Terwijl we onder de arcades door naar het ziekenhuis lopen, hoor ik de baby krijsen. We lopen door, maar het schreeuwen neemt ondraaglijke proporties aan. Weer kijk ik naar Pieter, die me zwijgend aan mijn arm meesleurt. Hoe verder we lopen, hoe harder het geschreeuw. De ene helft van mijn lichaam wordt naar voren getrokken, de andere naar achteren. Nog even, en ik word uit elkaar gescheurd.

Dan ruk ik me los en ren het plein over, naar de wagen toe. Ik til de baby uit de wagen en houd haar in mijn armen. Pieter komt hijgend naast me staan.

'Nu is het te laat.'

'Nee, nu komt het goed.'

Badend in het zweet, maar ook met een dwaze, bijna triomfantelijke glimlach om mijn mond, word ik wakker. Heb ik voor de verandering in mijn dromen eens de goede keus gemaakt? Een kind, ik? Dat moet er nog bij komen!

Al bij het aankleden begint Thomas door mijn hoofd te stampen. Mopperend over de haard die naar zijn idee nooit hard genoeg brandt, porrend in de ronde gietijzeren houtkachel, zijn rug stijf gebogen.

Hij heeft truien aan en een sjaal om, zijn handen wrijft hij telkens warm, blauwe oren, blauwe neus; de koukleum van de familie. Dan weer staat hij afwezig naast mij in de keuken een boterham te smeren, die hij leunend tegen het aanrecht opeet voordat hij weer naar zijn atelier gaat. Binnenwereldvader. Zwijgend, kalm, maar ook nerveus vanwege al dat gedrang in hem.

De onvoltooidheid greep hem naar de keel. Als hij twee of drie dagen niet aan werken toekwam, verstrakte hij zienderogen. Dan trok er een grauw waas over zijn gezicht en verstarden zijn bewegingen. Hij werd een hinderlijk meubelstuk dat abusievelijk ergens midden in de kamer was neergezet en waar iedereen zich aan stootte. Dat zwijgen van hem, daar werd je gek van.

Hannah verdroeg dergelijk gedrag hooguit twee dagen. Als er geen verbetering in kwam, ging ze er op zeker moment op los timmeren. Eerst begon ze behoedzaam wat aan hem te sjorren en te schuiven en probeerde ze hem een andere hoek in te duwen. In die fase was zij nog een en al begrip en mededogen. Maar algauw bestookte ze hem met goede raad en adviezen, die meestal een averechts effect op hem hadden en geërgerd werden weggewuifd.

Ik wist dan dat een ruzie niet meer lang op zich zou laten wachten en maakte me stilletjes op voor mijn aandeel daarin: het gillend tussenbeide komen met de onovertroffen tekst: 'Ik loop weg als jullie niet ophouden!'

'Nou ga dan, ga je koffertje maar halen.'
'Als je denkt dat je het elders beter hebt.'

Ik sta halverwege de trap naar de zolder, waar mijn zwart met rood geruite koffer achter de schotten ligt. De eerste treden ben ik opgerend, maar nu durf ik nauwelijks nog een voet te verzetten. Ik begin te zingen en probeer de bedreigende ruimte met flarden kinderliedjes te bezweren. Ik kijk voortdurend achter mij.

Twee treden verder stokt mijn gejoel en hoor ik alleen nog maar het knarsetanden van het dak te midden van een ijzingwekkende stilte, waarin nooit meer een bed opgemaakt of een verhaal voorgelezen zal worden. Plotseling zie ik me al door de uitgestorven straten gaan, koffertje in de hand, rillend van de kou.

Ze vinden het helemaal niet erg als ik wegga. Lekker rustig.

Hoe lang houd ik het nog uit, daar boven aan de trap? Steeds luider begint het dak te kraken. En ook de wind draagt zijn steentje bij en giert om het huis. Hoe lang nog? Vijf, tien minuten? Ik kan niet meer. Met elke slag van mijn luid bonzende hart voel ik de nederlaag dichterbij komen.

'La, la, la,' probeer ik nog, maar het helpt niet meer. Geen enkel monster zal zich voor dit laffe deuntje uit de voeten maken. Ik durf niet verder te lopen en zet alweer enkele stappen achterwaarts, boos over mijn gebrek aan moed, maar tegelijkertijd ook opgelucht dat het mij weer niet gelukt is.

Schoorvoetend loop ik naar beneden, de woonkamer in, zo onopvallend mogelijk. Wat graag zou ik nu onzichtbaar zijn. Ik tref mijn ouders in een verkrampte vredestoestand aan. Er wordt niet meer geschreeuwd, niet meer gestampt, niet meer gesmeten. Er wordt alleen wat afwezig gestaard en verontschuldigend gekeken. Er hangt een dikke wolk van zwijgen in de kamer.

Dit keer heb ik wel mijn koffer gehaald, en ook trotseer ik al dagenlang de stilte. Ik verbaas me over zoveel moed, want ik voel mij nog verlatener dan toen boven aan die zoldertrap. Geen wonder, want om nog onbekende redenen hebben die ouders van mij gemeend de trap onder mij vandaan te moeten slopen. Daarom zit ik hier. Om in mijn herinnering de treden terug te vinden, ze langzaam af te lopen en aan te komen bij het kind dat met de geschiedenis van haar ouders is weggespoeld.

Ondanks de regen ben ik vandaag een paar keer het huis uit gelopen, niet om ergens naartoe te gaan, maar om op de grens tussen binnen en buiten te ijsberen. Thomas keek niet naar de tuin, zoals Hannah, hij zag al dat overweldigende natuurschoon niet en liep alleen maar de tuin in om frisse lucht op te snuiven en zijn gedachten wat ruimte te geven. Als we samen een wandeling door de bossen en de heuvels maakten, richtte hij zijn blik op de punt van zijn schoenen, terwijl Hannah de ene na de andere bijzondere plant aanwees en om de zoveel tijd in gejuich uitbarstte vanwege een fantastisch uitzicht of sublieme zonsondergang. En ik liep maar tussen die twee uitersten in, soms meer naar mijn vader neigend, dan weer mijn arm in die van mijn moeder stekend.

Vanmiddag heb ik eerst wat in Ovidius zitten lezen en daarna uren zitten bladeren in Thomas' zwarte schetsboeken. De oudste schriften staan vol grillige lijnen, die in het midden door een stukje wit doorbroken worden. Haast ongemerkt houdt de lijn op, om enkele millimeters lager zijn koers te hervatten. Honderden bladzijden vol eendere of bijna eendere lijnen, die van boven naar beneden lopen, maar plots onderbroken worden, alsof de hand even geaarzeld heeft alvorens verder te gaan.

Dan een schrift vol schetsen van Hannah en haar steeds dikker wordende buik. Althans, ik neem aan dat het Hannah is, want haar gezicht is onherkenbaar. De portretten zijn bijna allemaal en profil getekend met een veelvoud aan dunne lijnen. En dan, ik had het kunnen weten, een schrift van mij als baby, op mijn rug liggend, wankel zittend, met mijn handen naar iets graaiend, op schoot bij Hannah. Nog meer schetsen, van mij als opgroeiende peuter, klein meisje spelend in het gras. Opnieuw is het vooral de beweging van het lichaam die treffend is neergezet. Verder herken ik niet zoveel. Maar het is genoeg. Hoor je, Thomas, meer dan genoeg. Wat zeg je?

11

'Alleen omdat je zo aandringt... maar verwacht niet te veel van je oude vader, het is het bekende verhaal. Ik heb daar nauwelijks iets aan toe te voegen. Bovendien, wat weet je er nog van na al die tijd? Het geheugen is er inmiddels uitgebreid mee aan de gang gegaan, heeft de zaken geselecteerd, verdraaid, bijgevijld...

Het was geen lolletje er alleen maar lijdzaam bij te zitten en toe te kijken... Hannah geeft er altijd zo hoog over op, dat we het samen gedaan hebben, je weet wel, dat wegpuffen en dergelijke, maar dat is onzin. Ik was doodsbang, kon niet goed inschatten wat ons te wachten stond. Ik kon de pijn ook niet voelen, en dacht alleen maar: zolang die doktersassistent nog doet alsof het allemaal in orde is, zal het wel zo zijn. Maar het duurde en duurde maar, en ik kon na ruim twintig uur ontsluitingsweeën amper meer op mijn benen staan... Hannah leek nog zo fris als een hoentje, maar ik moest zonder die hormonen in mijn lijf overeind zien te blijven.

En toen kwam er eindelijk schot in de zaak. Hannah schreeuwde, het was meer een rollende kreun die eruit vloog, en hopla, daar schoot de assistent overeind en kwam op Hannah afgesneld. Bij de volgende perswee zagen wij je hoofdje al staan en met nog een of twee keer persen was je geboren. Je was een vreselijk mooi, roze kind. Niet zo'n eng gerimpeld monstertje waar ik me stilletjes op had voorbereid, maar heel gaaf en glad. Hannah zag natuurlijk meteen dat je een meisje was – daar had niemand nog naar gekeken – en ze was zeer tevreden dat haar voorspelling omtrent jouw geslacht was uitgekomen...

De eerste uren hebben we niemand gebeld. Toen die malle

assistent eindelijk verdwenen was, zijn we eerst maar eens met z'n drieën in bed gekropen, om een beetje te wennen aan elkaar en bij te komen van al die heisa rondom zo'n nieuw leven. Jij vond het allemaal best. Je sliep heerlijk tussen ons in, terwijl ik er een beetje verkrampt naast lag; bang dat ik je in mijn slaap zou verdrukken.

De eerste luier mocht ík verschonen, van die kleverige meconiumpoep die ik er haast niet van af kon krijgen. Ik deed er bijna een uur over, terwijl je moeder de slappe lach kreeg. Daarna de slapeloze nachten, de voedingen, de huilbuien. Maar ook de eerste blikken van herkenning, het eindeloze knuffelen en 's ochtends met elkaar in bed ontbijten, de kraamtranen van Hannah, en een bijna heilige trots...

Wat een tijd. Chronisch slaaptekort, voortdurende onzekerheid of ik het wel goed deed, en Hannah en ik die er nog aan moesten wennen dat we ouders waren geworden. We dienden nu als een paar te werk te gaan, begrijp je, we gingen als vanzelf alles samen doen en waren tegelijk samen nooit meer alleen. Zoiets kan je op gaan breken. Soms wil je wel eens even akelig alleen zijn, je van niemand iets aan hoeven trekken, en als dat dan niet kan, ga je bloed onder nagels vandaan halen, net zo lang tot de bom barst en je het voor elkaar hebt gekregen dat de symbiose uit elkaar spat en je jezelf weer tot vreemdeling hebt gemaakt. Tja, en dan gaan hollen, hard gaan hollen, tot je weer armen om je heen voelt.

Soms leek het of ik minder gemakkelijk tot de dingen kon doordringen, alsof ik eraan voorbijschoot, omdat de tijd niet meer eindeloos was en er altijd wel een fles gewarmd of een middagslaapje gedaan moest worden, omdat er voortdurend rekening moest worden gehouden met de tijd.

En die tijd vraagt offers, doorbreekt je concentratie en belemmert het wegdromen. Je wordt in een vast schema geduwd, terwijl ik daar altijd aan heb proberen te ontsnappen. Ach, voor je het weet ga je ten onder in de gezinsbrij. Hannah had nog mooie visioenen over driekoppige monsters. Wel samen, maar ook alleen. Maar dat vergde veel inspanning en scheiding en reizen naar het Zuiden, met of zonder jou. Dan kon de ander weer eens met zijn eigen eenzaamheid, of met zijn eigen lot, zo je wilt, in de weer...'

12

Vroeger was ik de beste zoeker in huis. Dat kwam goed van pas, want Hannah en Thomas waren altijd alles kwijt. De autosleutels, de zaklantaarn, de kurkentrekker. Dat leverde weinig verheffende scènes op. In plaats van te zoeken liepen ze onrustig heen en weer en ging het er meestal om wie het vermiste object het laatst in zijn handen had gehad. Alsof dat precies viel uit te maken. Thomas was vrijwel altijd onmiddellijk bereid het opnieuw te gaan kopen, maar voor Hannah moest en zou het hele huis overhoop gehaald worden. Natuurlijk kreeg ik ook vaak de schuld, met als resultaat dat ik geen stap meer verzette en weigerde om nog langer mee te helpen zoeken. Als ik haar ergens kwaad mee kon krijgen, was het wel met mijn koppigheid. Hoe harder zij schreeuwde, hoe koppiger ik werd.

Waar zou die sleutel toch kunnen liggen? Voor de zoveelste keer loop ik Hannah's studeerkamer in en doorzoek alle bureauladen alsof mijn leven ervan afhangt. Nergens een sleutel. Hoe is het mogelijk. Dan besluit ik simpelweg dat ik er genoeg van heb. Van al dat zoeken, al dat wachten. Het is tijd voor grovere ingrepen. Ik pak wat gereedschap, en gewapend met hamer en schroevendraaier zet ik mij weer voor het bureau. Ik steek de schroevendraaier in de spleet tussen twee laden en probeer een opening te forceren. Er springt een gekarteld stuk hout van af, dat een grillige witte vlek achterlaat. De open plek schittert in het diep roodbruine hout, dat verder nog nergens een oneffenheid vertoont. Er wordt weer eens een heftig beroep op mijn schuldgevoel gedaan. Waarom proberen de dingen mij altijd de baas te zijn?

Ik leg me er niet bij neer en geef een flinke schop tegen de la. De eerste schop vraagt om een tweede en nog een. Voordat ik het weet, begin ik met de hamer op de bureaulade in te beuken. Het gave hout krijgt algauw een pokdalig uiterlijk. Nogmaals steek ik de schroevendraaier in de smalle opening tussen de twee laden en ga er met mijn hele gewicht aan hangen. De bovenkant van de la splijt, maar open gaat hij niet. Ik sjor en duw maar door, totdat een moment van bezinning mij erop wijst dat ik hier als een of andere waanzinnige een meubelstuk aan het bestormen ben. Verbouwereerd laat ik de schroevendraaier uit mijn handen vallen. Hij rolt over de grond en komt vlak voor de linnenkast aan de andere kant van de kamer tot stilstand.

Ik staar verbluft naar de glimmende rode kast. Hannah had haar ongenoegen over dat ding nooit onder stoelen of banken gestoken. Terwijl ik mijn ogen niet van die vreselijke kast met zijn kitscherige spiegels af kan houden, komt er, heel zachtjes, een groots inzicht aangetrippeld. Nog voordat ik opsta, weet ik dat ik goed zit. Natuurlijk, waar anders? Ik hoef bij wijze van spreken niet eens meer te gaan kijken.

De stapels winterkleren in de kast stinken naar schimmel. Ik open het kleine laatje dat onder aan de middelste plank hangt; een oude zonnebril, haarspelden, een paar potloden, een aansteker, knopen en ja hoor, een bureausleutel en het sleuteltje van Thomas' racefiets. Als hij zijn fiets pakte, gingen Hannah en ik vaak zwemmen in het meertje van Caylus. Maar toen ik een jaar of twaalf, dertien werd, had ik daar geen zin meer in. Naast je moeder aan het meer gaan liggen, terwijl je leeftijdgenoten met vriendjes op brommers kwamen. Niet dat ik zo'n brommervriendje wilde, maar ik voelde me dan zo hopeloos braaf en ging zo ver mogelijk van Hannah af liggen.

In die jaren vonden er rare verschuivingen plaats in het magnetisch veld dat mijn relatie tot Hannah bepaalde. Waar ik eerst naar de mooiste en liefste moeder van de wereld toe werd gezogen, werden we nu plotseling gelijk geladen polen en kon ik haar alleen maar van mij afduwen. Ik was honderdtachtig graden om mijn as gedraaid, en zij had het nakijken.

Thomas werd de begunstigde. Als ik met hem ergens naartoe ging, schaamde ik me niet en hadden we de grootste lol. Als ik met Hannah boodschappen ging doen, liep ik demonstratief een meter voor of achter haar. Alsof ik niet echt bij haar hoorde en alleen maar toevallig daar liep. Het was mijn heilige overtuiging dat je in het openbaar een flinke afstand tot je moeder in acht diende te nemen.

'Det?'

Ze staat voor mij in haar rode zomerjurk en heeft een potsierlijk grote zonnehoed op haar blonde haren. Het rozerood van de jurk vloekt bij haar oververhitte wangen. Ik zit in de chaise longue voor het huis te lezen en doe alsof ik haar niet gehoord heb.

'Det? Ik heb zo'n zin in een terrasje en een lekker koel biertje... ga je mee? Even gezellig met zijn tweetjes?'

Er schiet een kramp door mijn buik.

'Ik ben aan het lezen,' mompel ik zonder op te kijken.

'Ja, dat zie ik ook wel, maar dan lees je toch straks verder...?'

'Alsof jij altijd alles zomaar opzij legt...'

Ze maakt een zwierig bedoeld rondje over het gras, waarbij haar jurk opwaait en ze tot overmaat van ramp heel wulps haar hoed met beide handen vasthoudt. Ik zie alleen de blauwe spataderen onder haar rode rok naar boven kruipen.

'Wat zeg je, ach kom, ik heb zo'n zin er even tussenuit te gaan.'

'Daar heb je mij toch niet voor nodig.'

'Waarvoor, lieveling? Kom je nu of niet?'

'Om die boeren hier op te geilen.'

'Om wat?' zegt ze vrolijk, terwijl ze op me afloopt en me mijn boek af wil pakken.

'Om die boeren hier op te geilen,' zeg ik luid, 'dat kun je best alleen af.'

'Jezus, wat is er met jou aan de hand,' zegt ze nog, maar ik duw haar al van me af, roep dat ik er geen zin in heb, sta op en bijt haar toe dat ik met rust gelaten wil worden. Ik loop het huis in, smijt de glazen deur achter me dicht, gooi mijn boek in een hoek en laat me op mijn bed vallen. Dan hoor ik de auto het erf af rijden.

Met een zucht laat ik me op haar stoel vallen en leg de sleutel op het beschadigde blad. De verhouding met mijn moeder stabiliseerde zich enigszins toen ik ging studeren en op kamers ging wonen. De telefoon bleek een goede bemiddelaar. Dan hoefde ik haar overdonderende lichaamstaal niet te zien. Maar aan die ontmoetingen op afstand kwam nog voor wij elkaar weer onbevangen in de ogen konden kijken, een abrupt einde.

Ik steek de sleutel in het slot. Met enig draaien en duwen krijg ik de la warempel open. Er ligt alleen een dikke zwarte map in. Ik haal de map eruit en begin er snel in te bladeren. Godzijdank, geen wetenschappelijke verhandelingen. Maar wat dan wel? Een soort dagboek? Een verhaal? Er zitten ook enkele gedichten in. Nooit geweten dat ze die schreef. Ik durf nog niet verder te lezen, ik wil eerst de vreugde over deze vondst eens goed tot mij laten doordringen.

Ruim een week heb ik door het huis lopen dolen of lag ik van pure ellende in bed, geen zin om wat dan ook te ondernemen. Ik heb me door de dagen heen gesleept en al twintig keer mijn tas gepakt om terug te gaan. Alleen het weinig aantrekkelijke vooruitzicht van Pieters vragende, opgetrokken wenkbrauwen weerhield me daarvan. En elke dag groeide de angst dat ik hier niets zou vinden. Ik dacht dat ik een illusie najaagde. Ik had de hoop al opgegeven dat dit huis mij ook maar iets zou kunnen teruggeven.

Maar zoals Hannah altijd zei: *'Das Wunder kommt immer unverhofft.'*

13

Opgewekt rekt de dag zich uit, in deze morgen zonder schuld. De zon lijkt vastbesloten niet meer weg te gaan. De ochtend heeft iets met mij voor. Al vroeg werd ik gewekt door het zachte voorjaarslicht. Ik had vergeten de luiken dicht te doen! Wanneer was ik voor het laatst zo onbezorgd geweest? Doodmoe was ik gisteren mijn bed in gerold. Hannah's zwarte map had ik nog wel meegenomen, maar aan lezen was ik niet meer toegekomen. Boven op de map ben ik in slaap gevallen. Een nacht zonder angst, de eerste.

Ik spring mijn bed uit en gooi de ramen van de slaapkamer wijdopen. Nat gras. Dauwdampen en een oorverdovend vogelgezang stromen de kamer binnen. Ik ga boven op de dekens languit in een straal zonlicht op bed liggen en adem de frisse lucht in.

Buiten ontbijten. Fluitend maak ik wat boterhammen klaar en installeer mij met de zwarte map op het terras. Al bladerend valt mijn blik op enkele regels die mij vaag bekend voorkomen:

> Hoe achterover voorwaarts hollend
> elke stap verder een stap terug zal zijn:
> je plukt een klaproos en verliest er twee.
> Met een in rood verdronken zon in lege handen
> sta je daar, een spijtoptant
> in een klaproosloos veld
> die luistert hoe het koren
> zich rouw toewuift.

Ik was erbij geweest, maar natuurlijk!

Samen met mijn moeder loop ik bloemen te plukken in het veld naast het huis van de timmerman. In de droge zomerhitte gonst het van de vliegen.

'Deze,' roep ik, 'deze ook,' en wijs haar de bloeiende papavers.

Het koren komt tot ver over mijn buik. Ik voel het tegen mijn blote armen prikken.

'Die houden niet lang,' zegt mijn moeder. 'Als we thuis zijn, zijn ze al verlept.'

Ik kijk naar het fluweelzachte rood van de bloemen en kan het niet geloven.

'Maar het zijn de mooiste,' zeg ik, terwijl ik ze vergelijk met de klavers, de uienbollen en de paardebloemen in mijn hand.

'Ja, dat is meestal zo!'

Hannah's gezicht is rood van de warmte. Ze veegt met een hand vol bloemen een blonde lok uit haar gezicht.

'Dat zul je nog wel merken.'

Ik begrijp er niets van en pluk ze toch. Als ik ga slapen, hangen de klaprozen slap langs de vaas naar beneden.

'Maar hoe kan dat dan?' vraag ik haar die alles weet.

'Ze zijn te mooi om te plukken. Wat te mooi is, moet je laten staan.'

Moeiteloos valt de herinnering over het gedicht. Ik plukte de bloemen die haar tot een van haar zeldzame gedichten hadden aangezet. Tegen beter weten in was ik klaprozen in de veldboeketten blijven stoppen. Waarom had ze mij er niet meer over gezegd?

'Achterover voorwaarts hollend'... Ja, zo heb ik me de laatste tijd wel vaker gevoeld. Ik schrik op uit mijn ochtendmijmeringen als de auto van de postbode het erf op rijdt. Ook die man is nog steeds dezelfde. De brief is van Pieter. Heeft blijkbaar zelf al verzonnen dat ik hier zit. Knappe jongen. Ik leg de brief ongeopend naast mij neer en besluit hem pas vanavond te gaan lezen. Voorlopig wil ik mijn goede humeur niet laten bederven. Ik wil mij eerst in Hannah's schrijfselen verdiepen.

Op een dik pak papier, dat met een elastiekje bij elkaar wordt gehouden, staat in grote letters *Kersentakken op sneeuw* geschreven. Merkwaardige titel. Nou ja, ik weet dat ze van kersentakken hield. Elke winter stonden die op haar bureau. Om het voorjaar aan te kondigen. Soms stonden die takken wekenlang in een vaas, zonder dat er ook maar één knop uitkwam.

'Dat wordt dus niks dit jaar,' zei Hannah dan.

Onder de titel staat een citaat van Dante geschreven, dat mij verrassend modern voorkomt. 'Dit werk heeft geen enkelvoudige betekenis, maar men zou het *polysemus* kunnen noemen, meer dan één betekenis dragende, want de betekenis die wij uit de letter halen is één, maar die welke wij halen uit datgene wat de letter aanduidt, is een ander' (Dante, 1437). Daaronder een datum: 12 maart 1972. Zo oud? Had ze het dan al bijna vijfentwintig jaar geleden en dus nog voor mijn geboorte geschreven? Ik probeer de van alle kanten aanstormende teleurstelling zo snel mogelijk te onderdrukken en lees verder. Het lijkt wel een soort dagboek. Nee, dat is het toch niet.

Ik heb ineens geen zin meer om door te gaan. Heb ik wel recht op een Hannah die nog niet van mijn bestaan op de hoogte is? Die met haar eigen leven bezig is, in plaats van met het mijne. Is het wel voor mijn ogen bestemd? Ze komt zo dichtbij. Ze ligt als het ware voor het oprapen, maar wil ik dat wel? En pleeg ik zo geen inbreuk op mijn voorgeschiedenis? Moet deze niet ongezegd blijven?

Ik weet het niet, maar voel wel het rode ballonnetje van hoop en vreugde langzaam leeglopen. Waarschijnlijk loop ik te hard van stapel en moet ik eerst passende voorbereidingen treffen. Ik sta op, loop naar de auto en rij naar beneden. Op het terras in het hart van het dorp bestel ik koffie en croissants en leg het pak papier voor mij neer. Langdurig staar ik naar de twee gebeeldhouwde figuren die al honderden jaren tussen de bogen van het dertiende-eeuwse gemeentehuis staan te prijken. De vrouw houdt schuldbewust een appel in haar hand en aan haar voeten kronkelt een slang. De man staat er natuurlijk weer naast alsof hij van de prins geen kwaad weet. Dan sla ik de map open.

14

12 maart 1972

Het is hopeloos. Niet de verleiding kunnen weerstaan maar vermoeid zijn bij voorbaat.

Het is al maart, maar de sneeuw valt uiterst traag en in dikke vlokken langs het raam naar beneden. Voor het eerst sinds lange tijd schuift het bankkantoor aan de overkant de groezelige vitrage opzij. Een man in driedelig pak verschijnt aan het raam en strekt eventjes zijn arm naar boven. De andere arm houdt hij stijf op zijn rug. Hij draait zich om en wenkt een jonge vrouw die zich nieuwsgierig bij hem voegt. Het is toegestaan te kijken. Een volle minuut staan ze het witte park te bewonderen. Een park is geen park meer als er sneeuw op valt. Het park is weg. Wat blijft, is de herinnering aan het park. Zelfs rekenwonders worden er stil van.

Mijn bureau staat pal aan het raam en ik volg elke dag de bewegingen van het bankpersoneel. Niet dat daar veel aan te zien is. Alle dagen zijn hetzelfde. Alleen de pauzes zijn verschillend. Met slecht weer eten ze binnen, met mooi weer lopen ze een rondje door de buurt. Vandaag heeft de sneeuw hen tot ontsporing verleid. Voor een keer vergeten ze de tabellen, de balansen en de jaarrekeningen. De sneeuw laat al het gewone verdwijnen. Het inslaan van de toetsen van mijn schrijfmachine probeer ik aan het vallen van de sneeuwvlokken aan te passen. Net zo licht en regelmatig, net zo terloops.

Het is onbegonnen werk. Ik loop naar het balkon en open de deuren. Ik buig me zo diep mogelijk over de balustrade heen en word duizelig van de wit warrelende massa onder mij. Het is niet eenvoudig zo licht als sneeuw naar beneden te vallen. Probeer maar eens te vallen, als je een zeker punt hebt bereikt en je daaraan dient vast te houden.

Door de dikke vlokken heen zie ik de zwarte jas van mijn vader. Zijn hoed en zijn schouders zijn al met een dikke laag bedekt. Ik word getrokken door een reusachtige sneeuwpop, de sterkste die er is. We gaan harder en harder. Mijn vader glijdt uit en kijkt verschrikt achterom. Houd je je goed vast? De kou snijdt dwars door mijn wollen wanten heen, maar ik laat niet los. Nee, ik ben niet degene die los zal laten!

Het zijn de laatste winterdagen van 1972. Nog even en het voorjaar zal aanbreken. Ons vijfde voorjaar. Er zullen weer paastakken versierd en kaarsen ontstoken worden. Wie weet kunnen er ook eens wat eieren geraapt worden? Die liggen nu al bijna dertig jaar achter het struikgewas van haar lusthofje verborgen en niemand die er ook maar een hand naar uitgestoken heeft. Er zal echter eerst een opstanding gevierd moeten worden. Daar moet ik mij op voorbereiden. Als nu niet, wanneer dan wel? Het is tijd, de hoogste tijd, een val teweeg te brengen. Zich los te maken uit de vastgeroeste verbanden. Want wie op wil staan, moet eerst vallen en alle aanknopingspunten opgeven. Over hem zal het gaan, over haar en over mij.

> 'Je kunt toch niet...?'
> 'Niet wat...?'
> 'Niet over ons een verhaal gaan vertellen?'
> 'Waarom niet?'
> 'Je kunt mij daar toch niet in betrekken?'
> 'Nee... ik bedoel, ik hoop juist van wel.'
> 'Ik geloof er niets van.'

Op mijn bureau staat al sinds enkele dagen een hoge glazen vaas met kersentakken. Ze geven zich niet gemakkelijk gewonnen. Warm water is niet voldoende om ze tot bloeien te verleiden. Misschien moet ik wat sneeuw toevoegen. Vooral niet te warm laten worden.

Bij het begin beginnen. Bij mijzelf beginnen. Bij mijn eigen hersenkronkels. Het verhaal in mijn hoofd laten smelten. Het gaat erom de tijd te verdichten. Het gaat erom iets niet opnieuw te verliezen.

'Wat denk je nu weer te verliezen?'
'Ik weet het niet precies. Paastakken, geverfde eieren?'
'Jij gelooft in de opstanding?'
'Nee, dat wil zeggen, misschien, op mijn manier.'
'Hoe is die dan, jouw manier?'
'Dat zul je wel zien. Laat me nu eerst maar vertellen.'
'Ik zal je niet tegenhouden.'
'Zul je me ook helpen?'
'Reken daar maar niet op.'
'Het moet toch mogelijk zijn.'
'Wat?'
'Het moet toch mogelijk zijn een verhaal te vertellen.'
'Als je er maar niets mee wilt...'
'Ik wil iets begrijpen, en iets bewaren.'
'Zie je wel. Je moet niets willen.'
'Maar dan zou er nooit iets gebeuren.'
'Je gaat je gang maar. Ik heb er niets mee te maken.'
'Je vergist je. Je hebt er alles mee te maken. Sterker nog, je bent er alleen maar dankzij het verhaal.'
'Ik geloof er niets van...'
'Wacht maar af, je zult het zien.'
'Doe me één plezier.'
'Mmm...'
'Een beetje afstand, schep een beetje afstand, alsjeblieft.'
'Derde persoon?'
'Desnoods.'

Het begin

Zij ontmoette hem vijf jaar geleden in een stad waar zij beiden vreemd en daarom gelukkig waren. Vrijwillige ballingen die opgingen in de anonimiteit van een referentieloze metropool. In het huis van Dudok, waar ook landgenoten woonden, waren zij elkaar per ongeluk tegen het lijf gelopen op de lange, kale gangen die naar boenwas en insecticide stonken. Ze zeiden niets, wisselden geen informatie uit, maar lachten slechts om hun aanwezigheid en lieten de ander beleefd passeren.

Dat najaar broeide er van alles in de stad. Ver boven de zwarte truien en grijze sjaals stak de okerkleurige herfsttooi van de bomen tegen de blauwe hemel af. Dat zwart beviel haar wel. Binnen een paar weken had zij haar hele garderobe aan deze trend aangepast. Het verbleekte rood van een voorbije liefde gooide zij in de Seine. Niemand die ernaar vroeg, niets wat ernaar verwees.

Zij volgde de colleges van de grootste profeten en zat met honderden anderen samengeperst in de catacomben van de stad. Hier werd niet op horloges gekeken om te zien of het uur al voorbij was. Hier werd gehoopt dat het nooit op zou houden. Hier werden van het begin tot het einde de oren gespitst, zodat er geen woord gemist zou worden. Er hingen zware rookwolken boven de sprekers, die op geen enkele manier hun best deden zich verstaanbaar te maken. Meestal zaten zij peinzend wat voor zich uit te mompelen. Nee, de heldere stemmen kwamen van de vragenstellers op de eerste rij. Men noemde hen 'normaal', maar dat waren ze zeker niet. Zij waren eerder superieur en zelfs in staat een glimlach of een omhooggetrokken wenkbrauw aan de profeten te ontlokken. Het waren allen eerstgeboren zonen, die de revolutie voorbereidden en die haar daarom fascineerden. Toch kon zij zich soms ook aan hen ergeren. Aan hun eigenwijze en beterweterige manier van debatteren, onderwijl met een hand het halflange haar naar achteren strijkend en met de andere het kleine brilletje terugschuivend voor de priemende, bruine ogen. Zij leken allemaal op elkaar.

Soms zag ze hem daar ook, leunend tegen een van de pilaren, zijn hoofd een beetje scheef, zijn lange zwarte jas hangend over een schouder. Zij schreef haar schriften vol, hij luisterde alleen maar, glimlachte en verdween lang voordat zij zich door de mensenmenigte een weg naar buiten had weten te banen. Als hij daar stond, kon zij haar aandacht niet goed bij de les houden. Ze wilde dan telkens naar achteren kijken, maar ook weer niet te vaak. Het mocht niet opvallen. Ze voelde zijn blik boven haar hoofd de ruimte in zweven en moest zich bedwingen om niet op te staan, die blik achterna.

'Zie je wel, daar ga je al.'
'Hoezo?'
'Te rond, te dicht.'
'Laat me toch beginnen.'
'Ik zeg niets meer.'
'Waarom dat verzet?'
'Je moet ervan af...'
'Waarvan?'
'Je moet er verder van af gaan staan.'
'Maar waarom?'
'Ja hoor eens, jij moet zo nodig een verhaal vertellen.'

Na afloop van de colleges ging zij soms wat drinken met haar verhitte soortgenoten. Zij merkte tot haar verbazing dat men in de cafés de colleges nog voortzette. In La Coupole werden tussen de gangen door petities geschreven, zelfs in Cluny lagen de tafeltjes bezaaid met papieren. Zoiets had zij nog nooit meegemaakt. Zij dacht dat je daarvoor in een torenkamer moest wonen. Voor het eerst zag zij dat hartstocht ook te delen viel, maar hem, nee hem zag ze daar nooit.

Thuis op haar kale houten kamer werkte zij haar aantekeningen uit op haar schrijfmachine. Naarmate de stapel getikte papieren op haar bureau hoger werd, begon zij zich in te beelden dat zij werkelijk ergens deelgenoot van was. Dat maakte haar een beetje hoogmoedig. Soms sloeg ze haar medebewoners om de oren met de nieuwste inzichten en verkondigde ze tot diep in de nacht en aan ieder die het horen wilde de nieuwe leer.

Verantwoordelijkheid, daar draaide het allemaal om. En om macht. Verantwoordelijk voor je eigen daden en de omverwerping van de macht van de eenkoppige autoriteit. Die macht kenden ze. Daar waren ze immers mee opgegroeid. De autoriteit betekende gevaar, bedreigde hun huis, hun land. Toen deze overwonnen was, moesten ze opnieuw hun houding bepalen. In vrijheid moesten ze nu nieuwe keuzen maken. Zich 'engageren'. Achter elke keuze gaan staan. Soms leek het wel alsof zij zelfs voor hun eigen geboorte verantwoording af moesten leggen.

Het was een zware last die op de schouders van de oorlogskinderen geladen werd. Maar zij namen deze zonder morren op zich, dankbaar en opgelucht eindelijk iets terug te kunnen doen. Het was de tijd van de laatste idealen. Vrijheid was de eerste leuze. De macht van het collectief de tweede. Opnieuw en met net zoveel verve als nog geen tweehonderd jaar eerder op die plek. En weer stonden overal de Robespierres te trappelen, om die vrijheid in naam van de gemeenschap eens gauw een kopje kleiner te maken. Dat had echter niemand nog in de gaten, ook zij niet. En dus werkte zij hard en onverstoorbaar door aan haar initiatie in de wereld.

Slechts af en toe liet zij zich verleiden tot een *soirée*. Niet dat zij iets van die avonden verwachtte, maar zij hoopte hem dan te zien, wat helaas nooit gebeurde. Wel ontdekte zij dat zijn kamer, waar tot diep in de nacht het licht brandde, een verdieping onder de hare lag. Na verloop van tijd begon zij als vanzelf door het huis te zwerven. Eerst achteloos, met een boek in de hand dat zij bij iemand terug moest brengen maar waarvoor ze eerst het hele huis meerdere malen doorkruiste. Later gejaagd, onrustig en ternauwernood het verlangen onderdrukkend om naar zijn verdieping te lopen, bij zijn deur stil te houden en zomaar aan te kloppen.

Wat ze nooit deed. Als ze geluk had, ving ze soms een glimp van hem op, bijvoorbeeld als hij in de keuken bezig was thee te zetten. Dan stak ze haar hand op en lachte. Hij lachte ook, niet zomaar, een beetje met zijn mond, maar met zijn hele gezicht. Zijn ogen, zijn neus, zijn voorhoofd, zijn oren, zelfs zijn haren lachten. Onbedaarlijk.

'?'
'Waarom zit je zo te grijnzen?'
'Lachende haren?'
'Nu ja, onbedaarlijk, mateloos.'
'Lachende oren?'
'Ik bedoel, zo'n lach had ik nog nooit gezien.'
'Zeg dat dan.'
'Zo overrompelend ...'
'Ja, ja, en hoe zat het met jouw oren?'
'Ik denk dat die vooral zijn lach weerkaatsten. Alsof zij een spiegel voorgehouden kregen.'
'Hoezo, een spiegel?'
'Ik herkende iets, ik weet niet precies wat, maar het is zeker dat ik iets herkende.'
'Je herkende zijn lach.'
'Ja, misschien alleen maar dat. In ieder geval was het niet om uit te houden. Zo te moeten lachen op een kale gang, om niets en met een volstrekt onbekende. Wat moest dat betekenen? Hoe kon ik nog doorlopen, alsof er niets aan de hand was?'
'Je liep dus door?'
'Ja, weet je dat niet meer? Wat moest ik anders. Ik was met stomheid geslagen. Kon geen enkel gesprek verzinnen. Het leek wel alsof dat verboden was.'

'Mmm...'
'Verbaast je dat?'
'Nee.'
'Ik liep dus door en de volgende dag begon ik weer door het huis te dwalen, in de hoop hem ergens te treffen en die lach weer te zien en dat gedurende enkele maanden.'
'Niet slecht.'
'Hoezo?'
'Wachten is het begin van alles.'
'Ja, maar een kwelling was het wel. Mijn nieuw vergaarde inzichten begonnen er ook behoorlijk onder te lijden. Ik kon overdag niet meer achter dat bureau blijven zitten. Alleen 's nachts – als alle keukens gesloten waren – kwam ik aan schrijven toe.
'En toen brandden er dus twee lampen in Dudoks huis?'
'Ja.'

15

Genoeg gelezen voor vandaag. Niet te gretig willen zijn.
 In de smalle stegen van het stadje hangt de zoete geur van houtkachels en vochtige appelkelders. Ik loop terug naar de auto en rijd naar het plein aan de oever van de rivier. 's Zomers wordt hier, onder de lindebomen, uitbundig feest gevierd en ketsen er tot laat in de avond zilverkleurige ballen op elkaar. Nu zitten er alleen wat stijve bejaarden op de banken rond het plein. De eikenbomen aan weerszijden van de rivier staan met hun stammen in het hoge water. Behalve een enkele visser is er niemand aan de oever te bekennen.
 Langs de rivier loopt een pad naar de rotsen verderop. Onderweg pluk ik wilde margrieten, irissen en speenkruid. Het pad is smal en modderig, en ik moet uitkijken dat ik niet uitglij en in het snelstromende water val. Ik klim op een rots, die voor de helft onder water staat.

De rivier gaat als een bezetene tekeer. Takken, struiken, zelfs boomstronken worden in de wilde stroom meegesleurd. Wanneer zal al dat losgerukte groen de rivierdelta bij Bordeaux bereiken? Aan de overkant scheert een ijsvogel over het glinsterende water. Een tijdje sta ik zijn sierlijke duikvluchten te bekijken. Ik wil net op de rots gaan zitten om een sigaret te roken en het begin van Hannah's verhaal op me in te laten werken als ik vlak achter mij een luide stem hoor. Van schrik val ik bijna van de rots af.
 'Hé, jij daar, lekker aan het wandelen?'
 Een bruinverbrande kop en twee tot spleetjes toegeknepen ogen kijken mij van onder een groene pet grijnzend aan.
 'Lekker weertje, hè?'

Met zijn enorme groene lieslaarzen zet hij nog een paar stappen naar mijn rots. In één oogopslag – langer heb ik er echt niet voor nodig – zie ik dat de gulp van zijn eveneens groene broek openstaat. Onmiddellijk begint het afwegen. Zomaar vergeten dicht te doen? Expres open laten staan? De verschillende redenen voor het feit dat daar iets wits schemert achter de dikke groene stof, lijken mij van levensbelang.

'Gaat wel' antwoord ik ontwijkend, terwijl ik de beste plek uitzoek om van de rots te springen. Maar overal versperren brandnetels me de weg. Ik moet langs die idiote visser.

'Nog wat gevangen?' vraag ik zo nonchalant mogelijk.

'Nog niet,' grinnikt hij, 'nog niet.'

Ach man, val dood, denk ik en spring van de rots af.

Hij vangt me op en ik probeer snel door te lopen, mompel zelfs nog een beleefd 'tot ziens' – altijd beleefd blijven! – maar hij houdt mij met zijn naar vis stinkende handen tegen.

'Waarom zo'n haast? Dit is toch een prachtig plekje?'

Met een ruk trekt de visser mij naar zich toe. Mijn hart klopt mijn keel uit.

'Laat me los!' roep ik, maar hij pakt me nog steviger vast. 'Rot op!'

'Maar waarom, schatje, wij tweeën, hier alleen...' sist hij in mijn oor.

Geïnspireerd door het kolkende water geef ik mijn woede de vrije loop en stoot met mijn rechterelleboog zo hard mogelijk in de maag van de visser.

'Blijf met je poten van me af!' schreeuw ik, alvorens het op een rennen te zetten richting auto, springend door de struiken, over de omgevallen bomen en de grote keien die verspreid op het pad liggen. Twee of drie keer glij ik uit, eigenlijk zonder het te merken. Alleen die bulderende lach hoor ik nog, met op de achtergrond het razen van de rivier.

Ik loop een wereldrecord en kom buiten adem bij de auto aan. Hij is mij niet achterna gekomen, maar toch ruk ik de deur open, smijt de bloemen die ik al die tijd in mijn linkerhand heb gehouden – zonde om weg te gooien, nietwaar – op de achterbank en scheur weg. Weg van het dorp, die rivier, die achterlijke vissers. Jezus, wat zijn het toch een klootzakken. Mag ik niet eens rustig langs een rivier lopen? Opsluiten, allemaal, weg ermee. En meer van dat soort nobele gedachten...

Veel te hard rijd ik over het smalle weggetje terug naar huis. Hannah had mij eens verteld dat zij, toen zij door een man achternagezeten werd, in één keer over een twee meter hoge muur was gesprongen. Ik had haar een beetje ongelovig zitten aanstaren, ze overdreef wel vaker. Er moeten toch aangenamere manieren zijn om vrouwen tot olympische records aan te zetten.

Met gierende banden scheur ik door de bochten. Het laatste restje woede trap ik weg op het gaspedaal. Ik passeer de boerderij van Guy, kijk nog of zijn honden op het erf vrij rondlopen, maar zie niet de kip die voor mijn wielen probeert weg te fladderen, hoor alleen een doffe klap onder de auto en zie dan een wolk van veren in mijn achteruitkijkspiegel. Uit die wolk komt een bloedende, onthoofde kip te voorschijn. Als een krankzinnige springt zij heen en weer op haar poten, klapwiekend met haar vleugels, maar zonder kop.

Ik kan mijn blik niet van de spiegel afhouden. Ik blijf maar naar het wanhopige gefladder en de laatste stuiptrekkingen van het met bloed besmeurde verenlijf kijken en let niet meer op de weg. Zoiets wordt afgestraft. De auto vliegt uit de bocht en slaat tegen de schuin oplopende berm aan. Ik klap met mijn hoofd tegen de voorruit, terwijl het stuur zich in mijn maag boort. Daar ga je, denk ik nog, maar het volgende moment zit ik alweer verdwaasd om mij heen te kijken. Hoe krijg ik dit nu weer in godsnaam voor elkaar?

Kokhalzend en naar adem snakkend kruip ik de auto uit en zie zo'n honderd meter achter mij nog altijd die kip zigzaggend over de weg rennen. Ik kan mij nog net vooroverbuigen om de golf koffie en croissants niet op de motorkap, maar in de berm te krijgen. Pas na een poosje durf ik weer op te kijken. De kip is godzijdank verdwenen.

De auto doet het gelukkig nog. Ik stop bij de boerderij om mijn daad te bekennen. De oude Cécile, die 's zomers altijd de schapen hoedt, loopt op het erf. De laatste dertig jaar heeft zij de heuvels niet meer verlaten.

'Wat moet ik in de stad? Ik heb hier toch alles en daar zeuren de mensen alleen maar. Of het is te koud, of te warm.'

De helderblauwe ogen in het door de zon gerimpelde gelaat kijken mij vriendelijk aan en met haar beide handen wuift ze al mijn verontschuldigingen weg.

'Dat komt zo vaak voor met die stomme kippen, die gaan midden op de weg lopen als er een auto aankomt. Ik ga straks wel even kijken. Wie weet, eten we vanavond kippensoep.'

Ik griezel en zie die kip ook in de soep nog spartelen en springen. Snel informeer ik naar de zaken op de boerderij en naar haar kleinkinderen.

'Ze zitten nu beneden op school. Maar ik vraag me af wat ze met al die kennis moeten? Ze zeggen dat ze niet zonder diploma's kunnen, maar volgens mij komt er alleen maar narigheid van.'

Als ik weer door wil lopen, houdt ze me tegen.

'Wacht nog even, wil je soms wat eieren?'

Voordat ik antwoord kan geven, is ze al hoofdschuddend om die malle Hollandse die zich voor een kip komt verontschuldigen, naar het kippenhok gelopen. Ik krijg een flinterdun plastic zakje met tien grote eieren erin.

De hele weg terug ben ik als de dood dat ik ze zal breken. Heelhuids arriveren we in de keuken, waar ik ze voorzichtig één voor één in een schaal leg. Eerst vermoord je de moeder, en dan vreet je ook nog haar ongeboren kuikens op.

16

15 maart 1972

De sneeuw is modder geworden en de striemende regen geselt het park. Niet dat dit barre weer mij veel kan schelen. Sinds ik eergisteren met schrijven ben begonnen, laat het me niet meer los. Tijdens mijn colleges schiet mij van alles te binnen, maar ook in de trein op weg naar huis. Het ene beeld roept het andere op en ik begin mij te haasten met dezelfde verwachting, dezelfde spanning die een kind kan hebben als het net een nieuw stuk speelgoed heeft gekregen. Maar bij het eerste vel papier dat ik in de machine draai, voel ik al dat het fout zit, dat ik de zin kwijt ben die mij al die uren op de hielen heeft gezeten.

Het verhaal wil blijkbaar op zich laten wachten. Dus dan maar eerst een omweg maken; het weer beschrijven, het uitzicht op het park, de sneeuw, de modder. Die omtrekkende beweging lijkt het verhaal gerust te stellen; het voelt niet langer alle aandacht op zich gericht. Het waant zich veilig, dommelt een beetje in, zodat ik het plotseling in zijn slaap kan verrassen.

Toen ze het overdag thuis niet meer uithield, begon zij ook in de cafés te schrijven. Daar moest ze wel aan wennen. Aan die wiebelende tafeltjes, waar maar net genoeg ruimte was om tussen de asbak en het kopje koffie een vel papier te plaatsen. Om haar heen werd veel en hard gepraat, maar boven sommige tafeltjes heerste een oase van rust. Daar werd geschreven. En dat deed zij nu ook. Eerst schreef ze zomaar wat voor zich uit, maar op een dag begon ze haast ongemerkt een brief aan hem te schrijven. Het was een van de eerste zonnige lentedagen en ze was buiten op het schuin naar de weg toe lopende terras gaan zitten.

Het voorjaar van 1967 ging goed van start. Boven haar hoofd zag ze de appartementen van Haussmann naar de strakblauwe lucht boven haar reiken. De zwarte smeedijzeren balkonhekjes leunden beschermend op de crèmekleurige stenen. Ze spijbelde en dat deed haar deugd. Sinds enkele dagen kon ze de geladen atmosfeer in de collegezalen niet meer verdragen. Het collectieve enthousiasme benauwde haar. Men was bezig iets groots voor te bereiden, maar zij voelde zich ten onder gaan in een voortrazende kudde en kon of wilde het tempo niet meer bijhouden. Ze wilde wat achterop raken. Om na te denken. Om iets te maken, zodat zij zich wat minder verloren zou voelen.

Pas toen de brief af was, schreef ze de naam van de geadresseerde erboven. Had ze die zeven kantjes wel voor hem geschreven? Of vermoedde zij pas achteraf dat hij de enige was die de brief kon lezen? Ze betaalde haar koffie en besloot naar huis terug te lopen. Wat had zij geschreven? Ze kon het zich nu al niet meer herinneren. Alleen de intentie waarmee het geschreven was, voelde zij nog haarscherp aan. De stad ontwaakte uit haar winterslaap. De tred van de voetgangers vertraagde. Niet langer haastte men zich met gebogen hoofd naar de ingang van de metro, maar men slenterde met open regenjas keuvelend naast elkaar voort. Ze liep langs de boekhandels, maar wierp ditmaal geen blikken in de etalages. Zo zonder hebzucht en zonder angst iets te zullen missen door de stad te kunnen lopen.

Ze doorkruiste de Jardin du Luxembourg en zag hoe de groene stoeltjes na een nogal slordige winter weer keurig in rijen stonden opgesteld. Ineens waren er overal kinderen. Alsof die allemaal de afgelopen winter geboren waren. Ze speelden met grote houten zeilboten in de ronde vijver. Sommige moeders hadden hun zoontjes voor de gelegenheid in matrozenpakjes gestoken. Ze liep door de smalle straatjes achter het Odéon richting rue de Rennes. Als ze hem maar niet in verlegenheid zou brengen met haar brief. Naarmate ze haar huis naderde, ging ze sterker twijfelen.

Tussen Montparnasse en Denfert Rochereau besloot ze het er simpelweg op te wagen. Het leek de hand van een ander die de brief in de gele bus stopte. Alsof ze van een afstand naar zichzelf stond te kijken. Nog nooit had zij haar eigen lichaam zo scherp waargenomen en zich er zo vervreemd van gevoeld. Ze zag haar hand aarzelen bij de klepperende tanden van de bus; de brief bevond zich nu halverwege de opening. Toen zag ze hoe ze hem met gestrekte vingers een ferme, bijna speelse tik gaf; de brief was verdwenen. Vervolgens wist ze zich even geen raad met die hand die halverwege de bus en haar lichaam was blijven bungelen. Ze keek er nogmaals verbaasd naar en stopte hem toen maar in de zak van haar jas. Ze liep door. Van nu af aan zou er iets zijn om op te wachten.

Er gingen dagen overheen voordat er antwoord kwam. Zij liep nu zo weinig mogelijk door de gangen, en als ze het al deed, nam ze de kortste weg naar de uitgang. Toch kon zij niet voorkomen dat ze hem een keer tegen het lijf liep. Zelden was die uitdrukking zo op zijn plaats geweest. Hoewel er meer dan een meter afstand tussen hen was, voelde zij zich met haar hele lichaam tegen hem aan gesmeten. Ze kon zich nog net staande houden, mompelde haastig een groet, maar toen ze opkeek, die lach, niet uitbundig, maar ingetogen, bijna verlegen.

'Ik schrijf je,' zei hij, 'ik ben je al zo lang aan het schrijven.'

En zij? Wat zei zij? Háár groeide het allemaal boven het hoofd.

'O, geeft niks. Laat maar zitten,' en ze maakte dat ze wegkwam.

'Heb je dat echt gezegd?'
'Ja, weet je dat niet meer?'

'Ik was niet overal bij.'
'Iets in die geest. Verontschuldigend. Ik was doodsbang.'
'Je had beter niets kunnen zeggen.'
'Nee, natuurlijk niet. Maar eerst die klap en toen die stilte. Het was onverdraaglijk.'
'Zo lang gezwegen en dan dat.'
'Ja, maar ik had geschreven, en ik wist bij god niet meer wat.'
'Des te beter.'
'Nee, ik schaamde me. Hartstikke naakt stond ik daar, zelfs geen vijgenblad om me mee te beschermen.'
'Laat die twee er nu maar buiten.'
'Mijn naaktheid had iets onoverkomelijks gekregen.'
'Je schaamde je, omdat je de zaken niet op hun beloop liet maar naar je hand begon te zetten.'
'Alsof dat een misdaad is.'
'Dat zeg ik niet. Ik constateer alleen maar dat je...'
'Jaja, en vervolgens mag ik weer verder vertellen...'
'Dat wil je nu eenmaal zo graag.'

Uiteindelijk zag ze op een ochtend een witte envelop in haar verroeste postvak liggen. Ze liep ermee naar het park aan de overkant van de boulevard en wachtte nog geruime tijd – een sigaret of twee, drie – voordat ze hem openmaakte. Toen stierf voor even het schelle geklater van de kinderstemmen weg en zag ze ook de talloze aupairs niet meer die zenuwachtig aan de waterkant het aan hen toevertrouwde kroost in de gaten hielden. Ze las snel, veel te snel, en toen nog een keer en nogmaals.

Vervolgens las zij alleen nog maar die ene zin op de achterkant van het volgekrabbelde velletje. Het was eigenlijk de zin waarmee de brief had moeten beginnen. Het kon met recht een openingszin genoemd worden: 'Hoewel we meestal een stoelendans spelen met onze eigen schaduw, valt er misschien toch iets te delen, bijvoorbeeld als er een andere schaduw overheen valt. Het is omdat ik denk me in één of twee schaduwbewegingen van je te herkennen, dat ik deze dans met je wil maken.'

Ze was naar Parijs gekomen om te leren interpreteren, en dat deed ze, eindeloos, totdat de zin bijna een huwelijksaanzoek geworden was. Ze twijfelde alleen nog over het woord stoelendans. Vanuit een ver verleden schoten haar enkele woorden te binnen: Opgestaan, plaatsje vergaan. Ze zat in een kring van uitgelaten kleuters op lage, houten stoeltjes. Op een gegeven moment begonnen ze allemaal te rennen. Als de muziek ophield moest je zo snel mogelijk gaan zitten. Op een stoel die nog niet bezet was. Je holde ernaartoe, gooide je erop, meestal tegelijk met een ander die je meteen probeerde weg te duwen. Het was gelukt de stoel te bemachtigen. Je was gered. Je had je plaats in de kring veroverd. Soms twijfelde je heel even, het duurde maar een fractie van een seconde: zal ik daar of daar gaan zitten? Dat was niet verstandig. Het werd je direct noodlottig. Je bleef als enige over, zonder stoel, uit de kring gestoten.

Ze stopte de brief in haar tas, stak de zoveelste sigaret van die morgen op en besloot dat het een brief was waarop zij eigenlijk niet had durven hopen. Dankzij die ene zin wist zij dat ze niet voor niets door die gangen had lopen dwalen. Nu keek ze met ogen vol graagte om zich heen en voelde ze de nerveuze onrust van de afgelopen dagen van zich afglijden. Aan weerszijden van de grasperken stonden witte en paarse seringen in bloei. Onder een grote rododendronstruik speelden twee jongetjes met een houten kar. Ze hadden de pop van een klein meisje, dat er wat beteuterd bij stond te kijken, op die kar gelegd en reden er onder het imiteren van luide ambulancegeluiden ruw mee heen en weer. Langs de grote vijver stonden honderden narcissen en hier en daar viel er een rode tulp te ontdekken. Ze had het goed geroken. Het voorjaar had iets met haar voor.

's Avonds stortte zij zich op *De wegen der vrijheid*, maar bedacht ondertussen allerlei fragmenten voor een volgende brief. Zinnen die bol stonden van de insinuaties, maar die tegelijkertijd behoedzaam waren omdat zij haar vingers niet wilde branden. Ze verleidde en ontweek. Ze gaf zich over en deinsde terug. Ze maakte grapjes en schreef over de dood.

Midden in de nacht liep ze naar buiten, naar de zijkant van het hoge, vierkante huis om te kijken of er nog licht brandde, daar. Het gele schijnsel van de straatlantaarns viel op de grauwe kozijnen, waaraan hier en daar een plastic zakje met etenswaren hing. Achter geen enkel raam brandde nog licht. Gerustgesteld liep ze terug naar binnen en beklom de trap die naar zijn kamer leidde. Uit angst betrapt te worden, terwijl zij daar als een idioot met haar knieën op het grijze linoleum lag, keek ze drie keer om zich heen en schoof vervolgens met bevende handen de brief onder zijn deur. De deur ging niet open, maar gek genoeg zag zij de volgende ochtend wel al bij het ontwaken een antwoord op de houten vloer van haar eigen kamer liggen. De envelop bevatte een uitnodiging: 'Laten we vanavond, om twaalf uur, de overgang van het koningshuis naar de Internationale vieren. Kom een oranjebittertje drinken. *Es lebe die Königin!*'

De rest van de dag was zij niet veel waard. Ze probeerde te lezen, maar haar gedachten zwenkten telkens van het papier naar buiten. Wat stond haar te wachten? Had ze al zo snel moeten toegeven? Maar ook trivialere zaken kwelden haar. Ze zou in ieder geval haar haren nog moeten wassen, maar dan? Opsteken, naar achteren binden, los laten hangen? En wat moest ze aantrekken? Toch maar weer die zwarte kleren, of werd het tijd van kleur te veranderen? Ze stond ruim een uur voor haar volgepropte kast en betastte elk zwart kledingstuk alsof ze het voor de eerste keer zag. Ze probeerde vergeefs de vele vouwen glad te strijken. Hoe had ze die boel zo kunnen laten verkommeren? Wat had je aan al dat inzicht als je het niet wist aan te kleden?

Vijf minuten voor de afspraak trok ze de enige gekleurde blouse aan die ze nog in haar bezit had: lichtblauw en met grote gele en oranje bloemen erop. Daarna durfde ze niet meer in de spiegel te kijken.

    'Je liegt.'
    'Wat zeg je?'
    'Je liegt. Je maakt mij niet wijs dat je niet meer in de spiegel hebt gekeken.'
    'Nee, ik geloof echt niet dat ik dat gedaan heb.'
    'Waarom dan niet?'
    'Als die blouse me niet was bevallen, dan had ik toch geen tijd meer gehad om iets anders aan te trekken.'
    'Je hebt je erbij neergelegd. Geen oordeel meer gevormd, maar je hebt nog wel gekeken.'
    'Weet je het zeker?'
    'Je moet je niet zo door de woorden laten beetnemen.'
    '?'
    'Het gaat er niet om of iets wel aardig klinkt.'
    'O nee? Waar dan wel om? Om de "waarheid"?'
    'Met cynisme bereik je nog minder.'
    'Ik begrijp niet wat je wilt.'
    'Ik wil dat je de woorden wantrouwt, en vooral de lyrische frasen die ze met je uithalen.'
    'Ík schrijf dit verhaal toch zeker?'
    'Dat denk je maar. Het wordt geschreven, dat is iets heel anders. Denk niet dat je oppermachtig bent.'
    'Dat denk ik helemaal niet.'
    'Nou dan.'
    'Mag ik nu weer?'

17

Vaderlijke adviezen – 'rust maar eens lekker uit' –, heimelijke toespelingen op zijn aanzoek, zonder zelfs maar te zinspelen op mijn twijfels. Niet gehoord zeker. Of niet onthouden. Koek en ei. Als alles maar koek en ei is!

Ik open de klep van de piano, geef er met beide handen een harde dreun op, gris de brief van Pieter van tafel en smijt hem in de haard. Het papier trekt krom in de vlammen en valt in stukken uiteen. Zo, dat was dat. Nog meer gegadigden? Naast mij op de bank, de map van Hannah. Haar verhaal laat ik maar even voor wat het is, en ik vis een gedicht uit de stapel.

> Is het mogelijk
> dat ik de mens begraaf
> en op dezelfde dag begroet
> en tussendoor de tram neem
> alsof het niets is?
> Alsof het leven zich bij uitstek
> laat omhullen door een rouwkleed
> dat om mijn schouders valt
> als ik mijn armen vol bloemen
> uitstrek naar de weduwe,
> en kleertjes geef aan de moeder,
> en zie hoe met eenzelfde tedere afwezigheid
> gekeken wordt naar de kist
> als naar het kind.

Had ze niet iets vrolijks kunnen schrijven? Ik loop naar de keuken en graai een fles wijn van het rek. Zelfs een omelet is me nu te veel moeite. Ik pak de kaas uit de koelkast en snijd een stuk brood af. De weduwe en de moeder. Helaas, bijna goed, wat dacht je van de wees en de moeder? Tedere afwezigheid? Wrede afwezigheid zul je bedoelen. En waarom heb ik verdomme geen broer of zus? Eentje ging net, maar twee of drie? Zouden dat te veel storende factoren zijn geweest? En waarom? Voor die paar lullige boeken en onverkochte schilderijen? Had helemaal geen kind genomen! Dolle Mina dat je d'r bent!

Ik ga zitten en zet de fles en de kaas op het kleed. De fles valt om en de wijn wordt onmiddellijk door de wol opgezogen. Ja ma, jij had nu meteen bergen zout op die vlekjes gestrooid. Maar als mama het huis aan z'n lot overlaat, wordt het vochtig en gaat het zout klonteren. Geen korreltje meer uit die bus te krijgen.

Ik pak de fles wijn weer op en loop er woedend mee door de kamer te zwaaien. Hebben jullie dan eindelijk je zin? Het nestje verlaten met het kroost er nog half in? Om zo snel mogelijk de afgetrapte wegen van de vrijheid weer te gaan bewandelen? Moest je per se in de voetsporen van je vader treden? En, loopt het een beetje?

Terwijl ik als een dolle helikopter in de rondte draai, begint ook mijn mond merkwaardige bewegingen te maken. O, maken jullie je over mij maar geen zorgen, hoor. Van mij zul je geen last meer hebben. De fles spat vlak naast het blauwgele schilderij van Thomas uit elkaar. Rode strepen wijn vermengen zich onder aan de muur met de lichtgroene schimmel.

Op een lang, smal doek ligt tegen een okergele achtergrond een broodmagere blauwe man languit op zijn buik. Het is niet duidelijk of hij slaapt of stervende is. Zijn ene arm ligt stijf uitgestrekt boven zijn hoofd, de andere ligt verdwaald naast zijn heup. De handpalm is halfopen naar voren gedraaid. De hand lijkt nog niet af te zijn. Hij is zo grof geschilderd dat hij nog lijkt te wachten. Op een andere hand.

Ik zou die hand wel van het doek af willen trekken, maar in plaats daarvan loop ik naar de keuken, pak de houten bezem en veeg de scherven in een hoek. Ik pak een nieuwe fles van het rek en ga aan de tafel in de keuken zitten drinken. Wat ben ik nog? Een afgebroken tak, wegdrijvend naar een verloren oorsprong? Waarom trapt niemand er eens lekker op, zodat ik tenminste nog wat kan kraken? Waarom hebben jullie mij hier neergezet, als jullie toch niet van plan waren om te blijven?

18

'Ach, wij waren zo'n beetje de enigen die in de jaren zeventig nog bij elkaar waren. Haast al onze vrienden hadden met hun idealen ook hun partners verloren. Dat weerhield hen er overigens niet van om vrolijk op zoek te gaan naar nieuw gezelschap en in de meest traditionele patronen te vervallen. De vrouw was natuurlijk het kind van de rekening, ging een paar dagen minder werken of hield er helemaal mee op. Die gebroken carrière werd dan de hoeksteen van de samenleving. Natuurlijk ging dat zelden goed. Vergeleken met kinderen opvoeden is werken namelijk pure ontspanning. Dus de meeste vrouwen scheidden opnieuw, raakten aan de valium of de sherry, of ze werden van die hysterisch zorgende moeders, die mogelijk nog conservatiever en burgerlijker waren dan hun echtgenoten.'

Hannah steekt nog maar eens een sigaret op.

'Je begrijpt, ik zag niets in die drie mogelijkheden en was dus afhankelijk van Thomas, die mij plechtig beloofde ook voor jou te zorgen.'

Thomas kijkt mij gegeneerd aan. Hij glimlacht en draait op zijn stoel, maar zegt niets.

'En toen werd je ook meteen zwanger?'

'Ja, dat wil zeggen, ik bleek het al te zijn.'

'O?'

Thomas kucht. Nerveus.

'Ik kon mij maar met moeite met andere aanstaande moeders identificeren. Voor het eerst in mijn leven zag ik overal zwangere vrouwen, maar ik voelde mij anders, had hun niets te zeggen.'

'Waarom niet?'

'Ik weet het niet. Ik herinner me dat ik op een van mijn wandelingen in het park een jonge vrouw tegenkwam, die trots achter een hoge kinderwagen liep. Ik kon het niet laten een vluchtige blik in die wagen te werpen, maar zag alleen maar een berg kanten lakentjes, wel drie zilveren rammelaars en een potsierlijk aangeklede teddybeer liggen. Geen baby. Toen ik die vrouw verbaasd aanstaarde, wierp ze een heimelijke blik op mijn buik en grijnsde veelbetekenend naar mij. Liep die te oefenen? dacht ik. Dat is toch niet te geloven. De gespannen blik van de vrouw, het verbeten lachje om haar mond, ik voelde me meegetrokken in een soort ritueel waar ik helemaal geen zin in had.'

Thomas zwijgt. Schenkt onze glazen vol. Zegt dan, weifelend: 'Ach, je weet wel. De mystificatie van de vrouw tot moeder. Deelgenoot worden van een of ander oerverbond met alle dwang en riten van dien.'
Hannah mompelt instemmend.
'Het leek alsof er achter mijn rug om een pact met mij gesloten werd. Het pact van de ware, want moederlijke vrouw. Een initiatie in een wereld van luiers, spenen en theekransjes die mij niets zei. Om doodziek van te worden.'
Ik schrik. Zo'n klein, onbeduidend woordje kan bij mij al heel wat aanrichten. Doodziek. Van mij? Ik neem een flinke slok wijn. Thomas sust, haalt de angel eruit.
'Je was bang dat je in die burgerlijke gezinsmentaliteit ten onder zou gaan, dat je elk recht op iets anders dan het moederschap ontzegd zou worden.'
'Ja, misschien wel. Maar vooral die sacralisering stoorde mij. En het overdreven belang dat overal aan werd gehecht. De juiste dit, de enige goede dat. Het was een dagtaak om de komst van je kind voor te bereiden.'
'En jij had wel iets anders aan je hoofd?'
Hannah kijkt mij aan. Ook zij voelt mijn argwaan.
'Begrijp me goed, ik verheugde me op je komst, al was die

onverwacht, maar we hebben er hoe dan ook bewust voor gekozen. En ergens was die zwangerschap ook een mooie tijd van mijn leven, het nietsdoen, de passiviteit, de concentratie op mijn lichaam... Ik verzette me er alleen tegen om van de ene op de andere dag in een nieuwe, mij volslagen vreemde categorie geplaatst te worden. En daar viel in die dagen nauwelijks aan te ontkomen. Het was een morele guerrilla die je op je afgestuurd kreeg. Van de huisarts tot de vroedvrouw, van de tijdschriften tot je schoonmoeder.'

Ze zwijgt, denkt na, aarzelt nog, maar vervolgt dan: 'En vergeet niet, die hele geschiedenis met je opa heeft mij natuurlijk ook aan het denken gezet. Zou ik de verantwoordelijkheid voor een kind wel aankunnen? Was ik wel zeker genoeg van mijzelf, van Thomas, van ons als stel, als ouders? Wat hij heeft aangericht, mocht zich niet herhalen. Ik wilde Thomas en mij bij voorbaat het recht ontzeggen om ooit de deur achter ons kind dicht te slaan, zoals mijn vader dat van de ene op de andere dag had gedaan. Ik zie me nog staan daar in de kamer, mijn moeder huilen en als een gek aan het inpakken en schoonmaken. Ik maar vragen stellen. Weg? Hoezo weg? Waarheen dan? Waarom? En zij maar schudden met haar hoofd. Op geen enkele vraag heeft zij mij antwoord kunnen geven. En hij ook niet, zoals je weet. Gewoon vertrokken, om met een andere vrouw en, god betere het, drie andere kinderen, in Canada een nieuw bestaan op te bouwen. Ach, het boterde al lang niet meer tussen die twee, maar het onvoorstelbare gemak waarmee hij er een punt achter heeft gezet. Het heeft me verdomme m'n halve leven gekost om daar weer bovenop te komen.'

We zwijgen alledrie. Thomas schenkt de glazen nog maar eens vol.

'Maar goed. Nu hebben we het over ons, over jou. Ik probeer je alleen iets van mijn ambivalente gevoelens over mijn zwangerschap te vertellen. Die drukte mij zogezegd weer eens flink met mijn neus op de feiten... En hoe goed het ook ging, hoe mooi ons leven ook was, af en toe bekroop mij toch weer de angst... Enfin, er is wat afgetobd dat jaar voor jouw geboorte. Ik probeerde op alle mogelijke manieren een huis voor jou te bouwen dat niet de hele tijd aan instortingsgevaar blootstond. Daarbij hebben je vader en ik nog wel wat rare toeren op het dak moeten uithalen, maar uiteindelijk hebben we zelfs twee stevige huizen weten neer te zetten!'

'En de bevalling was hier, in Roubert?' Ik kan het maar niet laten. Waarom zit ik toch zo te popelen? Wil ik ergens een hiaat in ontdekken dat mij mijn zelfstandigheid terug kan geven? Zin ik nog steeds op een lapsus in hun verhaal waaruit zal blijken dat ik niet geheel tot hen te reduceren ben, tot de twee mensen die me in mijn machteloosheid hebben vastgehouden en die ik daarom moet liefhebben maar ook moet haten?

'Ja, het laatste halfuur voor de bevalling was het zwaarst, omdat er toen ook persweeën overheen kwamen, waaraan ik van die halfdronken assistent die mijn dokter uiteindelijk gestuurd had – omdat hij zelf niet kon komen – nog niet mocht toegeven. Mij werd vriendelijk verzocht ze weg te hijgen, maar probeer dat maar eens voor elkaar te krijgen als je van onderen uiteen wordt gescheurd, terwijl zich van boven een kracht ontlaadt zoals je nog nooit hebt gevoeld.'

Ze aarzelt, zegt dan: 'Alsof iemand een vuist in je keel steekt die er per se via je tenen weer uit moet. Twee of drie keer heb ik geschreeuwd, omdat ademhaling en pijn niet langer van elkaar waren te onderscheiden.'

'En dan de stank van die benevelde verpleger, die *"Push, push"* begon te roepen. Bij aankomst had hij met zijn auto eerst de ruïne in de tuin geramd, zo dronken was-ie. Thomas schrok zich dood toen hij hem zag. Maar hij nam een of ander pilletje in de keuken, waardoor hij weer wat bij zijn positieven kwam. Een volstrekte chaoot, die nauwelijks Frans sprak, allerlei ingewikkelde verhalen ophing over Afrikaanse bevallingen en maar door ouwehoerde over weet-ik-veel-wat-nog-meer. En ik maar persen, door de pijn heen persen. Na een kwartier schoot je eruit. Je schreeuwde al toen alleen je natte zwarte koppie buiten was.'

Thomas kucht. Hij gaat weer iets corrigeren.

'Ach, het was ook wel een sympathieke kerel. Toen je eenmaal geboren was, heeft hij aan de piano Schotse wiegeliedjes voor je zitten spelen. Daarna viel hij languit naast Hannah op bed en heeft daar zijn roes liggen uitslapen. Midden in de nacht is hij weggeslopen, we hebben hem nooit meer teruggezien. De arts die de volgende dagen het kraambezoek deed, vertelde dat hij weer de muziek was ingegaan.'

Aangeschoten tuimel ik mijn bed in. Bevallingen. Wat een gedoe. Toch had het verhaal van Babette wel wat magertjes geklonken naast dat van Hannah. Ik doe de schemerlamp naast het bed uit. Langzaam maar zeker vult de duisternis om mij heen zich met barende vrouwen. Er zit warempel ook een koe tussen. Zo'n mooie beige koe, die ondanks haar dikke buik toch nog zo hoog op haar poten staat. Een geloei van jewelste, daar vlak naast ons in de wei. Er is niemand bij. Geen boer, geen veearts. Met veel misbaar knielt ze op haar voorpoten en begint, haar kont naar achteren, te persen en te loeien.

Verstijfd van schrik sta ik, een klein meisje, alleen achter het muurtje te kijken. Dan flubbert er ineens iets roods en wezenloos tussen haar hammen uit dat met een zachte klap op de grond valt. Blijkbaar is het nog niet genoeg geweest, want enigszins door het dolle heen staat de koe op en begint wild met haar horens tegen het bebloede kalf aan te duwen. Ze loeit zich een ongeluk en lijkt buiten zichzelf van woede. Ze gaat haar eigen kalf te lijf.

Hannah's ongeduldige handgeklap vanuit de keuken haalt me uit mijn verstijving. 'Eten!' Nee niet nu, niet op dit moment. Ik moet toch zeker wat doen, ik moet dat kalf helpen, ik wil later als ik groot ben toch dokter zijn! Rennen dus. Gehaast Hannah mijn verhaal doen. Geen gehoor krijgen. De natuur regelt zelf haar zaakjes wel. Dus zit er niets anders op dan razendsnel het bord eten naar binnen te werken en onaangekondigd van tafel weg te rennen naar het kalfje dat inmiddels wel bezweken zal zijn onder het geweld van de moeder. Ik sta weer bij het muurtje en zoek naar een hoopje vlees op de grond, maar zie niets. Waar zijn ze gebleven? Is hier soms een wonder gebeurd? Honderd meter verderop, inderdaad. Een heel klein kalfje wankelt op zijn poten. De moederkoe is bezig het schoon te likken. Het is het mooiste kalfje dat ik ooit heb gezien.

En dat likt maar door in die duisternis, het likt maar door tot ik lig te schokken in mijn klamme bed.

19

21 maart 1972

Die avond zwierven zij samen door de stad. Ze liepen door de uitgestorven straten en lachten om het verlorene dat zij in elkaar meenden te herkennen. Hij was een danser, zij speelde toneel en zo bezorgden zij elkaar de fraaiste maskers. Ze liepen nergens heen, hadden geen doel voor ogen, behalve dat ene: lopen, lopen, altijd maar door blijven lopen.

Ze durfden nog niet zo goed naast elkaar voort te gaan, dus huppelde de een wat voor de ander uit, terwijl de ander op de stoepranden balanceerde of over lage hekjes sprong. Er was geen sprake van enig overleg. Er werd niet gevraagd waarheen, waartoe, er gold maar één weg: samen in de duistere nacht verdwijnen en aan de andere kant verzeild raken, in die volstrekt onbekende quartiers, waar de muziek uit de openstaande ramen galmde en waar zelfs op dat late uur nog uitheemse geuren opstegen.

Dat maakte hen na verloop van tijd hongerig. In deze stad, waar alles mogelijk was, vonden zij algauw een restaurant dat ook ver na het middernachtelijk uur nog serveerde. Zij deden zich te goed aan salades, kalfsschotels, brood en wijn. De obers met hun lange witte schorten wisten net als zij dat hier geen regels golden. Ze vloekten en tierden, maar vergaten nooit een kop koffie of een fles wijn. Er werd weinig gesproken maar des te meer gelachen. Ze voelden zich uitverkoren.

Toen aan de zwarte hemel de eerste flarden violet kwamen opzetten, klommen ze over het hoge smeedijzeren hek van het Parc Montsouris en gingen in het gras liggen slapen. Ze voelden hoe de dauw in hun kleren trok en kropen zo dicht tegen elkaar aan dat ze de ander net niet raakten. Ze hadden geen dak boven hun hoofd, stonden buiten elke wet, maar lazen toch voortdurend die ene, ongeschreven regel op elkaars voorhoofd.

Vanaf het moment dat de zon boven de struiken uit kwam begonnen zij weer door de stad te lopen en zagen zij hoe uit alle hoeken van de straten oude vrouwtjes te voorschijn kwamen die kleine tafeltjes met lelietjes-van-dalen aan de kant van de weg neerzetten. Ze ontbeten in de eerste kroeg die openging en keken elkaar boven de dampende koppen thee aan: alsnog liefde op het eerste gezicht.

'Liefde op het eerste gezicht?'
'Tja...'
'Alsjeblieft, zeg.'
'Hoezo?'
'*Kill your darlings, please!*'
'Dit is geen *darling*.'
'Dat krijg je toch niet uit je strot?'
'Waarom niet?'
'Zeg wat je bedoelt. Verwondering? Verleiding? Geilheid?'
'Ja, ja, dat allemaal en ook nog...'
'Nou?'
'Zelfspot...'
'Kijk, dat hoor ik helemaal niet.'
'Er was zoveel. Hoe kan ik dat nu allemaal benoemen?'
'Denk na!'
'Dat doe ik toch.'
'Blijkbaar niet genoeg.'
'Er was ook nog een vreemd gevoel van onontkoombaarheid, ja dat was het, alsof het... '
'Onontkoombaar waaraan?'

'Aan elkaar natuurlijk, die nacht, die ontmoeting.'
'Ja, maar waardoor onontkoombaar?'
'Weet ik veel, het lot, de goden...'
'Daar moet je over nadenken.'
'Alsof het allemaal al ergens stond opgeschreven. Alsof we die hele geschiedenis altijd al met ons meegedragen hadden, van jongs af aan, en dat we daarom ook zo moesten lachen toen het uiteindelijk werkelijk gebeurde.'
'Vrolijke boel...'
'Ik weet niet of dat lachen alleen maar vrolijk was. Het was ook een verontschuldigend lachen, in de trant van: men heeft dit nu eenmaal met ons voor.'
'Oké, ga nu maar door.'

Na het ontbijt begonnen zij weer te lopen. De mensen weken uiteen. De huizen bogen zich naar achteren om hen te laten passeren. Ze kochten drie bosjes lelietjes en wierpen deze Flaubert voor de voeten. Ze meenden zijn leerschool al lang voorbij te zijn. Het werd steeds drukker en algauw begonnen de mensen hen te negeren. Ze wisten dat de betovering van de nacht nu definitief gebroken was en liepen met gebogen hoofd de laatste meters naar huis. Voor het huis van Dudok namen zij afscheid. Op hun kamers sliepen ze met het daglicht en woelden ze hun verlangen naar het voeteneind. Toen ze wakker werden, begon het wachten weer. Het wachten op een brief, een kaart. Het werd een velletje met één enkele zin: 'Morgenavond om elf uur in Cluny.'

Het wachten was voorzorg. Ze wilden niet voor de zoveelste keer in de val trappen. Ditmaal gokten zij op de eeuwigheid. Zij zetten hoog in, terwijl hun lichamen moedeloos toekeken. Plato waakte over hen. Zij kreeg ondertussen het vermoeden dat de een de ander bedacht had. Het was allemaal te werkelijk om waar te zijn.

'Ik weet niet of het wel goed gaat.'
'Wat? Sorry, ik lette even niet op.'
'Dat dacht ik wel.'
'Het gaat mij een beetje boven mijn pet. Dat krijg je, met die malle Plato.'
'Wat denk je, kan een geschiedenis wel verteld worden in de verleden tijd?'
'Dat moet je mij niet vragen.'
'Ik heb het gevoel dat ik met één been in het verleden sta en met het andere in de toekomst.'
'Dan hang je er dus precies tussenin.'
'Alsof dat zo'n pretje is.'
'Onderschat het "tussen" niet.'
'Wat is daar nu weer mee?'
'Het "tussen" schrijft zijn eigen verhaal.'
'Kun je niet eens wat duidelijker zijn?'
'Het "tussen" kiest niet voor boven of beneden, voor waarheid of leugen, voor toekomst of verleden. Het probeert de spanning tussen beide uit te houden.'
'De spanning tussen nu en toen?'
'Ja, maar het is geen kwestie van herinnering. Maak die fout niet, hij is al zo vaak gemaakt.'
'Maar als het niet de herinnering is, wat is het dan wel?'
'Het is het verleden dat op je toe komt. De toekomstig verleden tijd.'
'Maar die is voorwaardelijk.'
'Precies.'
'Ik kijk naar buiten, naar de simpelste dingen: het grijze avondlicht dat over de stad valt, de nog kale bomen in het park, de eerste lampen die aangaan aan de overkant van de straat, en heb het gevoel zelfs daar niet bij te kunnen. Bij de eenvoudigste zaken niet.'
'Je kunt volstaan met kijken. Met goed kijken. En dan je ogen sluiten.'

20

'No problem. Vraiment, no problem at all.' Hij kon vanmiddag meteen langskomen. Mr. George Battersby. Zijn naam en telefoonnummer heb ik vanmorgen op het postkantoor uit de *pages jaunes* geplukt. Er moest iets gebeuren. Zo kon het niet langer doorgaan. De hele nacht heb ik liggen spoken. Als ik nu weer eens iets probeerde te spelen? Maar na al die jaren in het vochtige huis was er geen zuivere noot meer uit dat instrument te halen. Ik had een pianostemmer nodig.

Een zwaar Engels accent meldde zich aan de andere kant van de lijn. Battersby vroeg om een gedetailleerde routebeschrijving naar ons huis. Hij kende de streek wel, maar was er lang niet meer geweest. Hij maakte een beetje een chaotische indruk, maar klonk niet onsympathiek.

De slapeloosheid van de afgelopen nacht zal ik eens met fysieke arbeid proberen te bestrijden. En dus meteen maar aan het werk getogen. Ik verbaas me over mijn plotselinge daadkracht. Is zomaar opgedoken, terwijl ik hem al lang niet meer verwachtte. Misschien heeft Hannah hem wel tussen de regels van haar verhaal gestopt, en is hij daar nu uitgekropen. Om mij hier een beetje op stang te komen jagen. 'Ga eens aan de slag. Doe iets nuttigs.'

De tuin is een woestenij. Overal brandnetels, die ik uit de grond trek en op een hoop gooi. Ik sta op uit mijn gebogen houding en strek mijn rug naar achteren. Met mijn handen op mijn heupen en mijn hoofd in mijn nek staar ik naar de wolkeloze hemel. En weer ketst tegen het felle blauw van de hemel de vraag terug die mij de hele nacht al heeft gekweld. Wat is er toch met moeders aan de hand?

Ik strek me nog een keer en schep dan het onkruid met de hooivork op de kruiwagen. Elk woord dat zij sprak had ook van mijn eigen lippen kunnen komen. Onmogelijk een wig tussen ons te drijven, maar ook onmogelijk elkaar te dulden. De berg onkruid groeit gestaag op de wankele kruiwagen. Met de hooivork sla ik het plat, om te voorkomen dat het er straks weer afvalt. Was ik daarom altijd zo op haar gespitst? Omdat ik in feite naar mezelf luisterde? Of naar wie ik zou worden? Hoe ik al die jaren ook beukte en sloeg om afstand te forceren, haar vlees bleef het mijne, haar huid de mijne, haar angst de mijne...

Het zal niet lukken om al het onkruid in één keer naar achteren te brengen. Alvorens de overvolle kruiwagen weg te rijden bekijk ik niet zonder trots de lavendel en stokrozen die achter de brandnetels vandaan gekomen zijn. Ik houd de berg onkruid met de hooivork in bedwang en loop zo naar achteren. Met mijn dijen probeer ik de kruiwagen de goede richting uit te duwen. Mijn broek schuurt tegen de verroeste handvaten.

Hannah en ik in een winkel op de Kalverstraat. Zij perst zich in een veel te strakke spijkerbroek en ik schaam me tegenover de verkoopster die met haar wespentaille en arrogante glimlach om de mond steeds grotere maten aan komt dragen. Als ze mij passeert op weg naar het pashokje van mijn moeder, trekt ze haar geëpileerde wenkbrauwen vragend op. Alsof ik er iets aan kan doen dat mijn moeder met mij in deze winkel, waar je zelden iemand van boven de vijfentwintig ziet, een broek wil kopen.

Ik hoor mijn moeder achter het gordijn puffen en giechelen. Ik erger me aan dat rode hoofd, dat lachend achter het gordijn te voorschijn komt en naar mijn mening vraagt. Ik haal mijn schouders op en mompel dat ze misschien eerst wat kilo's kwijt moet raken.

'Hoezo? Gaat toch best?' zegt ze vrolijk, maar dan weifelend: 'Vind je echt? Maakt hij me dik?'

Hij maakt je niet dik, denk ik, je bént dik. Waarom vind ik het zo erg dat mijn moeder mollig is? Waarom zijn die verkoopsters allemaal zo broodmager? Waarom staat dat mens zo stom te grijnzen, terwijl ze toch ook wel ziet dat het geen gezicht is?

Ik houd het niet meer uit, die vragende, beduusde blik van Hannah die alleen maar gezellig met haar dochter wil gaan winkelen, en mij dan tegen mijn zin meesleurt in die valse lichaamscultuur en me tot stikkens toe onderdompelt in haar liefdadige moedermodder tot ik naar adem loop te snakken en wel weg moet gaan, naar buiten, om een sigaret te roken, mezelf te hervinden, of wat daar nog van over is. De etalagepopverkoopster met haar arrogante kop en opgetrokken wenkbrauwen verbaasd achterlatend. Middag verpest. Grondig verpest. Alweer één.

Ik kieper de berg onkruid in één keer op het veldje achter het huis. Waarom moest ik mijn moeder – en mijzelf – altijd met examenachtige precisie toetsen aan die reclamebeelden van afgeroomde vrouwelijkheid die ons van jongs af aan omringen? Wat heeft het uitgemergelde lijf van topmodellen met mijn moeder te maken? Of dat andere, zo misleidende beeld: de rustige, zichzelf opofferende vrouw, die je kalm en waardig van het scherm toelacht, een kopje thee inschenkt, vijf kinderen over de vloer, maar geen spoortje stress aan de horizon, geen strijd, geen ambitie. Nee, dan Hannah's ongebreidelde enthousiasme en haar wanhopige pogingen respect en liefde af te dwingen. Was dat haar manier geweest om uit die reclameposters te springen?

Ik loop naar de uiterste punt van het veldje achter het huis. Alleen vanaf hier kun je in de verte kijken. Ze hadden het altijd jammer gevonden dat aan de voorkant van het huis het uitzicht door bomen werd belemmerd. Hoewel een uitzicht op de glooiende heuvels bepaald aantrekkelijk leek, droomde ik altijd van een huis met uitzicht op zee.

De zee was een van onze vele strijdpunten. Vooral in de zomer kon ik het vaak niet uithouden op dat zinderende, kurkdroge land en begon ik om de zee te zeuren. De ene zee lag op drie uur en de andere op vier uur rijden van ons dorp in de Quercy. De rit ernaartoe, in de hitte en langs die overvolle wegen, vonden Hannah en Thomas niet bepaald een prettig vooruitzicht. Toch lukte het mij meestal hen om te praten. Heel vroeg in de ochtend vertrokken we dan in een met strandspullen beladen auto naar een van de twee kusten. De eerste stappen op het strand, het voorzichtig betasten van het water met je voeten en vervolgens de duik in de golven. Strandwandelingen, onze verbrande huid en altijd ijsjes, en 's avonds uit eten. Hoogtijdagen, maar toch.

Naast mij ligt een roodgloeiende Hannah te puffen en te zweten op het strand. De gele strohoed is van haar hoofd gegleden en haar met sproeten bedekte neus glimt van de olie. Er liggen wel drie verschillende flessen zonnecrème met allemaal andere beschermingsfactoren onder handbereik. Een hoge antirimpelfactor voor het gezicht, een wat lagere voor het lichaam en de reeds gebruinde benen. Er is alleen geen crème bij waarvan de factor hoog genoeg is om zich tegen mij te beschermen. Tegen mijn minachtende blikken op al dat rollende vlees, die vette moederplooien, die roodverbrande hangende borsten. Ik heb een badpak aan, maar zij ligt topless naast me op dat overvolle strand.

Ik pak een lege milkshakebeker, schep hem vol zand en begin langzaam mijn moeder te begraven. Ze lacht. Eerst de voeten. Mooie, dunne voeten, dat wel. Ze lacht nog steeds. Dan de benen, slanke kuiten met sproeten, maar hogerop de blauwe aderen, de ingedeukte huid.

'Hou nu maar op. Hoe moet ik zo bruin worden?'

Maar ik ga door, schep weer een beker vol zand en giet hem langzaam leeg over haar buik, en nog één. Er is veel zand voor nodig om mijn moeders buik te bedekken.

'Schaam je je soms voor mij?' vraagt ze lachend.

Ik werk me naar de borsten toe. Ze duwt me opzij.

'Zo is het wel genoeg.'

Ik sta op en loop naar de vloedlijn.

Het nog ijskoude water van de Atlantische Oceaan nodigt niet meteen uit tot zwemmen. Ik kijk naar de hoge golven die wild het strand op komen rollen. Tot aan mijn knieën loop ik het water in. Ik wacht tot de felle kou in mijn benen wegtrekt, maar net als ik het voor gezien houd en terug wil lopen, slaat een metershoge golf de grond onder mijn voeten vandaan. Door de heftig zuigende kracht van de golf word ik onderuit getrokken. Ik weet niet meer wat boven of onder is. Het opspuitende zand perst zich door alle kieren van mijn badpak, schuurt langs mijn benen, mijn armen, mijn gezicht. Na een paar eindeloze seconden kom ik proestend boven.

Hannah staat op het strand geschrokken naar mij te kijken. Ik wrijf het brandend zoute water uit mijn ogen en probeer het zand uit mijn badpak te verwijderen. Ik zwaai naar Hannah, trek mijn badpak uit en laat het zand terugspoelen in de zee.

Ik leg mijn witte lichaam naast het roodverbrande van mijn moeder.

Genoeg gewerkt voor vandaag. *Il faut cultiver son jardin*, maar je moet niet overdrijven. Ik leg het tuingereedschap in de schuur en loop terug naar het terras. In twee weken tijd heb ik hier zo'n beetje alle weertypen meegemaakt. Vandaag is het helder maar door de noordwestenwind wel koud. Ik schuif mijn stoel dicht langs het huis om me zoveel mogelijk tegen de gure wind te beschermen en bekijk de schoongemaakte bloemperken. Het wordt pas mooi als je iets weghaalt. Orde scheppen in de chaos. Zo is het met de tuin, zo is het met alles. Weghalen, wieden, inperken, snoeien. Raar vak, tuinman.

Dan heb ik het ineens gehad met die tuin. Waarvoor eigenlijk al die moeite? Zodra ik mijn hielen licht, zullen de brandnetels weer razendsnel opschieten. Ik ben Sisyphus niet. Ik loop de keuken in en smeer een boterham. Pas twee uur. De pianostemmer komt pas tegen het einde van de middag. Ik haat dit tijdstip van de dag. Te laat voor het hoopvolle van de ochtend, te vroeg voor de berusting van de avond. Pieter die weer door mijn hoofd schiet, en de hele irritatiemachine die dat in werking zet.

Niettemin is mijn woede van gisteren verdwenen. Zijn o zo bedaarde en vooral kalmerende toon lijkt wel wat op die van Thomas. Zo menen mannen troost te moeten schenken. Ze kunnen niet met je wanhoop meegaan uit angst dat er dan een aardverschuiving of andere natuurramp zal plaatsvinden. Ze zijn als de dood voor die eruptie van gevoelens die niet meer door de kloeke ratio in bedwang te houden is.

Ik sta op om mijn sigaretten te pakken. Pas de eerste van de dag. Daar kan ik wel tevreden over zijn. Ik word nog gezond van al dat tuinieren. Met genot inhaleer ik de rook. Het eerste trekje van de eerste sigaret brengt me altijd aan het wankelen. Bij de tweede of derde sigaret hoop ik nog wel op eenzelfde manier uit het lood geslagen te worden, maar dat gebeurt haast nooit. Daarom rook ik maar door.

Vooral vrouwen roken of hun leven ervan afhangt. Ze roken omdat ze nog worden uitgedaagd of omdat ze overstromen van energie. Het kostje van de meeste mannen is zo langzamerhand wel gekocht en hun zaak is meestal reeds beklonken. Dat geldt niet voor mij. Het is zelfs de vraag of ik nog wel een zaak heb.

21

24 maart 1972

Een late zondagmiddag in Amsterdam. De stad lijkt het helemaal met zichzelf te moeten doen. Niemand hoeft ergens naartoe. Iedereen mag in ledigheid op adem komen. Op maandagochtend rinkelen de wekkers en wordt men weer tot de orde geroepen. Dan begint het wachten op de volgende onderbreking. En zo een leven lang. Op mijn bureau wacht het verhaal. Buiten schijnt een voorzichtige voorjaarszon.

Ik heb drie dagen niet geschreven. Mijn geliefde is vertrokken naar onze stad, maar ditmaal zonder mij. Dat is een schande, maar het kon niet anders. Ik heb nu eenmaal een baan aangenomen en kan mijn studenten niet vanwege een of andere liefdesgeschiedenis laten zitten. En een beetje afstand op zijn tijd, dat kan toch geen kwaad?

'Dus je gaat verder?'
'Ik zal wel moeten.'
'Van wie?'
'Van mij, van jou. Dat weet je best.'
'Van mij hoef je niets. Of hooguit dat: niet hoeven.'
'Hou toch eens op met die wijsneuzerij.'
'Vergeet niet: van mij hoef je niet.'
'Ik kan het niet verdragen...'
'...'
'Dat verlangen weg te hollen.'
'Waarheen?'
'Gewoon weg, om het einde niet te zien.'
'Je bent wel erg struisvogelachtig vandaag.'

'Ik wil het er niet bij laten zitten.'
'Waarom eigenlijk niet?'
'Omdat het ons zou moeten lukken.'
'En daar heb je een verhaal voor nodig?'
'Misschien niet, maar we vergeten zoveel.'
'Moet jij ook weer zo nodig tegen het vergeten schrijven?'
'We vergeten zo gemakkelijk waar het allemaal om begonnen is.'
'Kun je daar niet iets meer over zeggen?'
'Ik weet het niet, misschien één woord...'
'Dat kan genoeg zijn.'
'Het klinkt wat... pathetisch...'
'Daar zijn we onderhand wel aan gewend.'
'Hoe bedoel je? Vind je míj pathetisch?'
'Niet jou, het leven is pathetisch.'
'Ik denk aan één woord, dat telkens terugkomt...'
'Vier letters?'
'Een onuitroeibaar symbool van onze cultuur.'
'En jij kiest anders dan Paulus?'
'Misschien...'
'Het geloof laten we maar even voor wat het is, maar de liefde?'
'Ach, wat valt er níet onder de liefde. Je hebt ouderliefde, naastenliefde, dierenliefde, zelfs op een jurk kun je al verliefd zijn...'
'De Grieken moesten anders niets van jouw woord hebben noch van die andere twee overigens, vandaar dat Paulus ze ook tegen hen in stelling bracht. Maar de hoop? Nee. Denk maar aan de doos van Pandora. Ze zagen het als een ontkenning van het heden, een gedrocht van de geest die het lichaam het zwijgen op wil leggen...'
'Hoezo het lichaam?'
'Het lichaam kent slechts het kloppen van het bloed.

Daarom menen zij dat geluk wordt geboren uit de afwezigheid van de hoop, het moment waarop de geest zijn rechtvaardiging vindt in het lichaam.'
'Ja, maar ik heb het niet over de doelgerichte hoop, de illusoire hoop je positie te versterken in een verre toekomst, zoals je kunt hopen op een betere baan of een groter huis, dat is toch alleen maar meer van hetzelfde.'
'Over welke hoop heb je het dan wel?'
'Over de hoop zonder doel, de hoop als een bom onder al dat dagelijkse gehamer van ons, de hoop die lucht geeft...'
'Waaraan?'
'Ach, je kent het wel, aan dat zinderende gevoel dat alles net begonnen is.'
'Zo, en hoe gaat dat dan wel in zijn werk?'
'Wie hoopt slaat op tilt, verlaat de gebaande paden en komt in een ruig en onontgonnen landschap terecht.'
'En dat woord zag je dus in neonletters boven je verhaal geschreven?'
'Ja, is daar iets mis mee?'
'En toen begon het draaien, het terugdeinzen?'

Hun eerste nachten waren vol vreugdedansen, gewaagde bokkensprongen en imposante solopartijen. Zij werkten hard en onvermoeibaar door aan de choreografie van hun ontmoeting. Soms meenden ze rijp te zijn voor een try-out met publiek, maar meestal kreeg de een dan net op tijd een inzinking, zodat de voorstelling werd afgelast. Het zou nog enige tijd duren voordat het publiek argwaan begon te krijgen. Natuurlijk begon het in het Parijse studentenhuis te gonzen van de geruchten, maar zij lachten erom en beantwoordden met een stalen gezicht de vragen van hun medebewoners. Zij koesterden een merkwaardige gedachte: zodra er van een 'stel' sprake zou zijn, zou er tweedracht gezaaid worden. En dat wilden zij voorkomen.

Ondertussen werd er geschreven. De brieven waren hun altijd enkele stappen voor. Hun briefwisseling was eigenlijk de geschiedenis van een metafoor, en die ging wonderlijke wegen. Langzaam tastten zij af wat zich onder de metaforen schuilhield. Maar zodra zij er een glimp van opvingen, schoven er nieuwe metaforen tussen. Dat dubbele verhaal dreigde soms een masker te worden. Na verloop van tijd trokken de metaforen zich terug en wachtten. De woorden hadden misschien getracht de kloof tussen hun lichamen te dichten, maar toen er minder woorden waren, leek de afstand kleiner.

Meenden zij dan dat het lichaam zondig was? Welnee, maar zij wilden lust voor de eeuwigheid, een deur die altijd open bleef staan, en daarom dachten zij dat het beter was de versmelting zo lang mogelijk uit te stellen. De boog stond echter zeer strakgespannen en ondanks al hun verwoede pogingen om hun van verlangen trillende lichamen in woorden te vangen, bleef ook de pijl, in afwachting van het schieten, onverbiddelijk staan. Zo meenden zij Cupido voor Tantalus in te moeten ruilen: 'Hoe graag zou ik verder willen vallen in de geheimzinnige stilteruimte die een god gecreëerd lijkt te hebben tussen de wal en het dobberende schip, zonder trossen te werpen naar de wal of loopplanken uit te zetten naar het schip. Maar mijn god is mij een demon geworden, en ik verlies me in de vrije val, terwijl terzelfdertijd de wal al te veel naar het schip toe neigt. Het kan dus zijn dat je binnenkort een stootkussen ontmoet: iets zachts dat maar een beetje meegeeft. Dat ben ik dan.'

Van die zinnen. Ze werd er wanhopig van. Ondanks alle mogelijke perspectieven school er maar één waarheid in. En die stuurde ze terug: 'De strijd zal zich altijd blijven afspelen tussen de illusie van de vaste wal en de wetenschap dat deze zekerheid op een dag weer in rook opgaat. Een troost: dobberend op onrustig water zal ik altijd overgeleverd blijven aan de grillen van de zee. Maar valt de klemtoon nu op stoot of op kussen?'

Woorden, woorden, woorden. Bijna lieten zij hiermee het godsgeschenk uit hun handen vallen. Tot de eerste stap die buiten de brieven gezet werd. Er was een bloemenkust voor nodig, en een Proustiaanse villa tussen de duinen, waar een kranige vos enkele schitterende kamers verhuurde. Tussen de vele schilderijen van het huis en de klifrotsen bij de zee vielen daar voor het eerst de maskers van hun gezichten. Terwijl ze midden in de nacht samen urenlang in bad lagen, lieten ze Plato in de golven ten onder gaan. De volgende dag klaagde mevrouw Fuchs over nachtelijke badgeluiden. Zij ontbeten samen aan een enorme houten tafel en lachten om de overschrijding van de huisregels.

'Valt daar niet meer over te zeggen?'
'Waarover?'
'Over die nacht in het water. Je gaat zo snel.'
'Het was zo'n enorme negentiende-eeuwse badkuip, van marmer en met koperen kranen. Hij stond midden in de kamer. Ik heb van mijn leven nog niet in zo'n groot bad gezeten. We gingen kopje-onder, in die kamer, in die kuip.'
'Maar waarom waren jullie naar de kust gegaan? Ineens een romantische bevlieging of zo?'
'Enkele dagen voor mijn vertrek uit Parijs dacht ik dat ik gek zou worden van de spanning. Ik hield het niet meer uit in dat huis, in die stad, ik moest vertrekken, het was schitterend weer. Ik schreef hem dat ik de volgende dag de trein zou pakken naar de kust en vermeldde en passant vertrektijd en bestemming .'
'En hij nam dezelfde trein.'
'Ja, we stapten samen uit, in een klein vissersdorp naast hoge krijtrotsen. We liepen uren over de steile, met gras begroeide kust en klauterden, toen de avond

viel, naar beneden, naar het strand. Daar hebben we een tijd lang zwijgend in het zand gezeten, en naar de ondergaande zon gekeken, die als een bloedrode tomaat in de zee verdween. De afstand tussen onze handen bedroeg slechts enkele millimeters, maar leek zo groot als die hele oceaan te zijn. Ik dacht alleen maar: het kan toch niet waar zijn, het mag toch niet waar zijn.'
'Heb je geen idee waar dat vandaan kwam?'
'Nee, dat wil zeggen, er waren genoeg theorieën, vrij banale eigenlijk, over de vriendschap die altijd voort kan duren en de liefde die hoe dan ook weer moet vergaan, maar er was meer aan de hand.'
'Wat dan?'
'Ik zal je iets geks vertellen. Je kent ze wel, die paren die in een passieloze verhouding terecht zijn gekomen, en dan zeggen dat zij zich nu meer broer en zus voelen om het gebrek aan liefde te verdoezelen en om de angst uit elkaar te moeten weg te nemen. Ik heb dat nooit geloofd, of liever gezegd, altijd met veel achterdocht aangehoord. Maar misschien voelden wij wel iets dergelijks.'
'Hoezo?'
'We voelden het niet alleen, we waren het ook, zoals we daar naast elkaar aan het strand zaten, uitgespuwd door eenzelfde zucht van de ziedende zee. Daarom was de angst ons over te geven aan ons verlangen ook zo groot: bloedschande tekent je voor het leven...'
'Kijk, daar moet je nu over schrijven.'
'En elke keer als ik opzij keek, en onze blikken weer een voltreffer uitdeelden, wist ik het weer: het mag niet.'
'Er werd zeker niet veel meer gelachen...'
'Nee.'
'Het zou het einde kunnen zijn...'

'Ja.'
'Was dat het ook?'
'Natuurlijk, de zee nam ons op, verzwolg onze lichamen, bedekte ons met zout en wier en water, sleurde ons naar beneden, verstikte ons, we waren er niet meer, hielden op te zijn...'
'En toen?'
'De zee spuugde ons weer uit en we werden wakker, naast elkaar, en veegden het zout uit elkaars ogen...'
'Eind goed, al goed?'

22

Nog ruim een uur voordat Mr. Battersby komt. Tijd genoeg dus voor een wandeling. Als ik het pad naar de bossen insla, stuit ik op de vrouw van de timmerman. Die heeft ook nog een gezellig gespreksonderwerp.

'Ah, die vreselijke ratten. Vijftien, zeg ik je, wel vijftien. Ik had nog geen voet op de graanzolder gezet, of daar kwamen ze, ritselend, knagend, piepend, alsof ze me hadden zitten opwachten. Maar ik heb ze ervan langs gegeven. Door een paar van die ratjes laat ik me heus niet uit het veld slaan. Hup, daar een trap met m'n laars en daar een klap met m'n schop. En dan ineens schieten ze met z'n allen weg, die donkere hoekjes in waar ik niet bij kan komen. Onderkruipsels zijn het!'

'Zouden ze ook bij mij zitten?' vraag ik aarzelend.

'Wat denk je, dat ik alleen last heb van die beesten? Overal vinden ze wel wat te knagen of te vreten. Maak je maar geen illusies, hier een rat betekent daar ook een rat, hoe kwistig je ook met gif strooit.'

Geheel en al gerustgesteld loop ik met een vreemd gevoel in mijn buik verder.

Voorbij de laatste huizen van het dorp staan de weiden aan weerszijden van het grindpad vol paardebloemen en margrieten. Ik sla het zandpad in, op weg naar mijn favoriete uitkijkplek aan het einde van de heuvel. Voor mij strekt het dal van de boerderij van Astié zich uit met zijn felgroene weilanden, in bloei staande appelbomen en beige vleeskoeien.

Aan de overkant van het dal rijzen de beboste hellingen op en aan de horizon tekenen zich wat huizen en een kerktoren af. Zittend op een door de bliksem gevelde eik zak ik weg in het verleden. Hoe vaak ben ik na het ontbijt niet naar deze plek gelopen? Hier kwamen de dromen van de nacht uit het dal weer op mij toegevlogen. Als die als vlinders op mijn hoofd gingen zitten loste het onderscheid tussen mij en het landschap op. Ik keek er niet langer naar, maar viel samen met de kronkelige lijn van de droge rivierbedding die het dal voor mij in tweeën splitste. Ik verdween in het landschap. Alleen mijn dromen zaten nog op de boomstronk het dal in te kijken.

Het droge hout van de eik steekt in mijn handpalmen. Voortdurend schieten er flarden van Hannah's verhaal door mijn hoofd. Ik kan er nog weinig brood van bakken. Het lijkt wel of ze de hele tijd bezig was met de randvoorwaarden van hun liefde. Boven het dal cirkelen drie buizerds die in sierlijke duikvluchten een dans aan de hemel opvoeren. Verder zie ik niets. Geen enkele droom vliegt vandaag mijn richting uit.

Het ligt niet aan de plek. Die is open genoeg. Het ligt aan de dromen. En dus zit ik daar maar op die stronk en zie ik alleen wat er te zien valt. Dat is te weinig. Daar raak je zo op uitgekeken. Dan maar terug naar huis.

Enkele meters voor ons pad zie ik een van de kippen van de buurvrouw driftig pikken in iets wat naast haar in de berm ligt. Een op hol geslagen jaknikker. Telkens die kop naar voren gooiend, dan weer omhoog en weer naar beneden. Ze haalt behoorlijk uit. Als ik dichterbij kom, zie ik dat zij zich op een half aangevreten rat heeft gestort. Een rilling loopt over mijn rug. Is dit nu het landleven waar mijn ouders zo gek op waren? Van zo'n kip hoef ik de eieren niet te eten.

Pas vijf uur, hij gaat maar niet voorbij, deze dag. Ik loop de keuken in en zet water op voor de koffie. In elke hoek zie ik smerige, dooie ratten liggen. Zat ik verdomme maar in de stad met wat beschaafde mensen om mij heen. Ik maak een kop Nescafé en loop ermee de kamer in. Daar installeer ik mij met Hannah's map voor de open haard. Ben ik zelf soms die op hol geslagen kip, die uit de resten van een ander wat voedsel probeert te peuren? Ik smijt de map weg en ga naar de badkamer.

Druipend van het douchewater loop ik met omgeslagen handdoek de woonkamer in om te kijken wie of wat zojuist dat kabaal in de tuin veroorzaakt heeft. Door de glazen deur zie ik een kleine, magere man met rode haren en snor om een oude witte vrachtwagen heen hollen die midden in de tuin geparkeerd staat. Op de vrachtwagen staat een tekening van een breeduit grijnzende neger met hoge zwarte hoed, die vrolijk aan het klavier zit te spelen. *Music Center Gaillac* staat er in grote felblauwe letters boven zijn hoofd geschreven.

Daar zul je hem hebben, denk ik geschrokken, en ren terug naar de slaapkamer om gauw wat kleren aan te schieten. Ik heb mijn broek nog niet aan, of ik hoor een luid gebons op de deur.

'*J'arrive,*' roep ik luid, '*j'arrive!*'

Ik gris mijn trui van de stoel en loop terug naar de kamer. De Engelsman tuurt onder zijn handen door naar binnen en begint als hij mij ziet druk te zwaaien. Ik doe de deur open, wil hem begroeten, maar daar struikelt hij al naar binnen.

'*Well, bonjour.*'

Hij steekt lachend zijn hand uit en mompelt: 'George Battersby.'

Ik kijk even verbaasd naar zijn vuurrode haren, waartussen enkele strepen grijs, en pak zijn met tientallen sproeten bezaaide hand.

'Det, Det van Vliet.'

'Niet alleen ben ik veel te vroeg en heb ik in uw tuin de kruiwagen omvergereden, maar ik kom ook nog op deze on-

gepaste wijze bij u binnenstruikelen, *terribly sorry*.'
'Geeft niet. Kom binnen, wilt u koffie of thee?'
'Thee alstublieft. U moet weten, ik ben hier dan wel te vroeg aangekomen, maar dat wil nog niet zeggen dat ik er niet erg lang over heb gedaan. Ondanks uw ronduit voortreffelijke routebeschrijving – geloof me, daar lag het zeker niet aan – moet ik mij toch minstens vijf of zes keer vergist hebben. Elke heuvel lijkt hier op de andere, nietwaar, en fatsoenlijke wegwijzers zuller er in dit wonderbaarlijke departement wel nooit komen! Gelooft u mij, ik wil niets lelijks over dit prachtige land zeggen, ik zou niet durven, men weet in Frankrijk maar nooit op welke gevoelige tenen men trapt, maar van duidelijke bewegwijzering buiten de grote autoroutes om hebben zij maar weinig kaas gegeten. Neem nu het bordje "Roubert", dat onder aan de heuvel naar dit goddelijke oord zou moeten verwijzen. Niet alleen staat het praktisch omgekeerd – en u deed er goed aan mij hiervan door de telefoon reeds op de hoogte te stellen –, tevens is het dermate verroest en verbogen dat je wel uit je auto moet om het te kunnen lezen. Welnu, dat deed ik pas de derde of vierde keer dat ik het passeerde. Op die manier blijft het in deze contreien wel lekker rustig, neem ik aan, en die rust en stilte zijn zeker ook de reden waarom u naar dit verlaten land bent getrokken?'

Terwijl hij spreekt fonkelen zijn felblauwe ogen en schiet zijn blik heen en weer door de kamer. Toch lijkt er een soort waas voor zijn ogen te hangen; alsof hij mij niet werkelijk aankijkt.

'Ja, hoewel... soms zit ik wel eens om enig kabaal verlegen.'
'O, *don't worry*, daar zal het u het komende uur niet aan ontbreken.'

Bij die woorden loopt hij met grote, zwenkende stappen naar de piano, opent de klep en brengt van laag naar hoog een luide riedel ten gehore.

'*Well, well*, dat is lang geleden, als u het mij vraagt, dat is ongetwijfeld heel lang geleden.'

Ik loop naar de keuken om thee te zetten. Ik hoor flarden Mozart, een sonatine, maar voordat de valse klanken ook maar de kans krijgen mij te ergeren, houden ze alweer op.

'Mijn vork, juist ja, mijn vork.'

Geschuifel van de kruk, voetstappen, een harde klap. De deur! Mijn god, hij zal toch niet? Maar nee, ik hoor de glazen deur open- en weer dichtslaan. Vervolgens het snijdende gepiep van de laadklep van de vrachtwagen, gestommel en gedempt vloeken vanuit de tuin. Weer het slaan van de glazen deur – waarom zo hard? – en dan de rode, wilde haardos die om de hoek van de keuken kijkt.

'*For a moment I thought*... maar nee, ik heb hem hoor!'

George houdt de stemvork triomfantelijk omhoog.

'Gelukkig maar,' zeg ik, en terwijl hij zich omdraait moet ik ineens lachen om dat kleine, onooglijke mannetje, dat hier zo vreselijk onhandig mijn trieste middag op komt fleuren.

Het stemmen is begonnen. Stemmen begint altijd met de laagste tonen. Ik weet het, die moeten zuiver zijn, voordat er een hoge toon aangeslagen kan worden. Ik zet de thee en de schaal met koekjes op de tafel naast de piano, knik even naar Battersby – maar hij ziet mij al niet meer staan – en loop door naar buiten.

Dit kan wel even gaan duren. Niet alleen is er in al die jaren geen stemmer bij geweest, ook hebben de sterk wisselende temperaturen in het huis ongetwijfeld een funeste invloed op de klankbodem gehad. Ik kijk naar de tuin, terwijl ik binnen de lage tonen elkaar uiterst traag hoor opvolgen. Waar zit de uil ook alweer op het klavier?

'Boem, boem, boem, dit is een olifant,' en ik sla met beide handen keihard op de onderste toetsen.

'En waar zit de koekoek?' vraagt Hannah, die naast mij is komen staan.

'Hier,' zeg ik, en mijn handen gaan naar het midden toe en zoeken zorgvuldig twee naast elkaar gelegen zwarte toetsen uit.

'Goed zo, en de poes?'

Waarom nou de poes? De poes is lastig. Het 'mi' gaat nog wel, daar kies ik een witte toets in het midden voor uit, maar de 'jauw' wil nooit goed lukken. Als ik daar nu eens een zwarte voor neem? Kan dat wel, samen met een witte? Ik probeer het.

'Mi-jauw.'

'Mooi, en dan nu: poes-je mauw, kom eens gauw,' en mijn moeder begint met haar rechterhand de eerste noten van het liedje te spelen.

'Nee, dat vind ik niet leuk, dat moet je zingen.'

'Maar dat kun je ook op de piano spelen, luister maar.'

'Daar vind ik niks aan.'

'Waarom niet?'

'Voordat ik...'

'Omdat ik...'

'Omdat ik dat al zingen kan,' zeg ik vermoeid.

'Maar als je het ook op de piano kunt spelen, kun je jezelf bij het zingen begeleiden.'

Dat begrijp ik niet. Ik wil alleen maar de dieren terugvinden op de piano. Ik weet dat ze erin zitten. Dat heb ik gehoord, van Thomas, die heeft ze er allemaal een keertje voor mij uit getoverd. Er zit een koe in de piano, en een duif, een koekoek en een uil. En nog veel meer. Maar hoe leg je dat aan je moeder uit?

Op de plek waar vroeger het badmintonveld lag, staat het gras nu tot aan mijn knieën. Ik huiver. Misschien moet ik straks de buurman eens vragen met zijn tractor het grasveld te komen maaien, zodat ik tenminste kan zien wat zich onder mijn voeten bevindt, en ik niet langer zo nuffig als een stadse kat door het hoge gras hoef te lopen. Ik ga op het muurtje zitten wachten tot Battersby klaar is. Het klassieke pianorepertoire dat Hannah altijd speelde, heeft mij nooit echt kunnen boeien. Ik wilde moderne muziek maken. Maar dat was helaas ook het moeilijkste. Na jaren ploeteren heb ik het idee maar laten varen. Te weinig talent. En dan kom je weer bij de klassieke deunen uit.

'Het duurde even, maar *allez*, het is voor elkaar, u kunt er weer op spelen.'

'Bedankt, u weet niet half... in ieder geval is aan de voorwaarden voldaan.'

'De voorwaarden?'

'Om te spelen, bedoel ik.'

'O ja, de zuiverheid van de klanken is belangrijk, dat zult u mij heus niet horen ontkennen, ik zou wel gek zijn om mijn eigen brood zo'n beetje van de plank te praten, maar toch zeker niet het voornaamste. Enfin, dat hoef ik u natuurlijk niet te vertellen. Het gaat om de handen, nietwaar.'

'Helaas kan ik daar geen stemmer voor vragen.'

'U volgt geen lessen meer?'

'Nee, al in geen jaren meer. Ik heb ook al heel lang niet meer gespeeld. Ik ben bang dat er veel verloren is gegaan...'

'Ach, er gaat niet zoveel verloren, weet u, er worden hooguit wat dingen toegedekt, maar die laten zich wel weer opgraven, met een beetje geduld.'

We gaan bij de haard zitten. Ik bied hem een glas port en wat olijven aan. Het gesprek stokt. Ik trek de stoute schoenen aan.

'Zonet, vóór het stemmen, speelde u die sonatine van Mozart, het waren slechts enkele noten, maar het herinnerde mij aan iets, zou u misschien...?'

Hij kijkt me even weifelend aan, maar staat dan op, gaat achter de piano zitten en speelt zo helder, zo vast dat mijn buik ineenkrimpt. Muziek hoor je niet met je geest, maar met je lichaam. Als hij klaar is, maakt Battersby een uitnodigend gebaar naar de piano: 'En nu u?'

'O nee, ik zou niet durven, ik moet nog dagen oefenen, voordat ik weer...'

'Ach, zo erg zal het niet zijn.'

'Nee, echt, speelt u nog wat door, het doet mij veel plezier, heus.'

'*Après vous,*' zegt George plechtig en herhaalt met een brede armzwaai zijn uitnodiging.

Wat kan het mij ook schelen. Niet nadenken nu, niet kijken naar die handen die zo onwillig op mijn schoot liggen, vergeet die handen, vergeet die toetsen, speel nu maar. Maar wat? Een stukje van Andriessen?

Mijn vingers raken de toetsen wel aan, maar ik hoor slechts het hortende van de aarzelingen, het stotende van de angst. Geen muziek, alleen het haperen van muziek. Toch speel ik door, omdat het nu eenmaal af moet.

'*Come on*, gun jezelf wat tijd. Ik ben er niet, en jij bent er evenmin.'

Ik aarzel, maar herhaal dan met tegenzin het laatste stuk. Het is het mooiste stuk. Pas bij de slotakkoorden beginnen de noten mijn hoofd te verlaten en kruipen ze in mijn vingers. Ze krijgen stem. Ik herneem, rustiger nu en vloeiender, het begin. Er komt stilte tussen de noten, echo's klinken op.

'Bravo!' klinkt het achter mij, en ik draai me lachend om.

'Nog een glaasje port?'

23

26 maart 1972

Soms kunnen de eenvoudigste zaken mij uit mijn concentratie halen. Als mijn papier op is bijvoorbeeld en ik vergeten ben een pak van de universiteit mee te nemen. Ik ben net op gang, en dan moet ik de straat weer op, me door mensenmenigten en aangeprezen levensmiddelen een weg banen, en ondertussen maar proberen om de woorden dichtbij te houden. Ze zouden eens weg kunnen vliegen. Ik loop snel door, probeer niet naar de monotone stem van de verkoopster te luisteren, sluit mijn ogen voor de paasetalage van de banketbakker en de gele kuikens van de slager, gooi mijn hoofd in mijn nek om naar de lucht te kijken en loop net niet onder een tram. Daar sta ik alweer voor de voordeur. Ik heb het gehaald.

Ik zoek gehaast mijn sleutel, maar kan hem niet meteen vinden. Ik voel nogmaals in de zakken van mijn jas, en dan gebeurt het. Paniek slaat toe en de zinnen beginnen al te vervliegen. Ik wroet wanhopig in mijn zakken, maar voel geen opluchting als ik de sleutel uiteindelijk vind. Het is voorbij. De aandacht is gebroken. Het is de wereld weer eens gelukt mij ergens van af te houden. Verslagen loop ik de trappen op. Ik haal nog een keer diep adem, ga naar binnen, gooi het pak papier op mijn bureau en loop door naar de keuken om eerst maar een pot thee te zetten.

Terwijl het water kookt, kijk ik naar het park, waar nu een miezerig regentje op valt. De sneeuw is al lang verdwenen en het park wordt genadeloos in al zijn vroegvoorjaarse grauwheid te kijk gezet. Hoe zou Parijs eruitzien? Wanneer krijg ik een brief? Met de thee terug in de kamer zie ik dat er lichtgroene knoppen aan de kersentakken zijn gekomen. Het begin van een begin. Dat moet genoeg zijn. Voor de zoveelste keer probeer ik mij dat andere beginnen te binnen te brengen. Een begin dat over vijfhonderd kilometer naar huis gedragen moest worden.

Nog voordat iemand werkelijk de tijd kreeg zich erover te verbazen dat er in Dudoks huis ineens twee door de zon verbrande lichamen rondliepen, keerde zij op de eerste dag van de zomer terug naar het Noorden. Haar studiejaar zat erop. Het ergste was dat haar nieuwe liefde haar pas over enkele weken zou volgen.

Zij vertrok zonder precies te weten wat ze achterliet en vond de stad terug die zij een jaar daarvoor ontvlucht was. Haar huis lag er verlaten bij. Ze wist niet goed wat ze aan zou treffen, maar dat het zo weinig herinneringen in haar wakker riep, overtrof zelfs haar stoutste verwachtingen. Dus werkte zij zich zo goed en zo kwaad als dat ging door de brokstukken van haar leven van vóór Parijs heen en stopte het weinige wat daarvan overgebleven was in kartonnen verhuisdozen.

Degene die zij toen, een jaar geleden, en wel precies op het moment dat zij in de trein naar Parijs stapte, aan het verlaten was, had zij nooit meer teruggezien. Behalve in brieven had ze nooit echt afscheid van hem genomen. Dat was een terugkerend probleem in haar leven geweest. Geen afscheid mogen nemen. Misschien dat het haar daarom zo stoorde. Hij was weggegaan – zomaar en zonder nadere uitleg, met een roodharige vrouw die hij Turfje noemde – omdat zij twijfels over hun verhouding had geuit. Nog voordat zijn hoofd blauw van de kou had kunnen worden, had hij het al aan een nieuwe, melkwitte moederborst gelegd. Nu kwam zij zelf met de belofte van een nieuwe liefde in hun huis terug, maar wist bij god niet hoe zij deze voor een plaats op het kerkhof moest behoeden.

Het was haar moeder die haar hielp met het uitzoeken en inpakken van de boeken en met de verhuizing naar het nieuwe adres. Die had daar immers ervaring mee. In de kleine woning aan de straat waar alle grachten van de stad naartoe stromen, streek zij de plooien van haar nieuwe bed glad en wachtte. Zij vroeg zich voor de zoveelste keer af of dit nu werkelijk haar keuze was of dat het verloop van haar leven al lang ergens stond opgetekend. Had zij wel iets te zeggen? Het ontbrak haar aan geloof en ook de hoop begon het af te laten weten. Dat was ernstiger.

Haar nieuwe geliefde was ondertussen ook vanuit het Zuiden in de stad gearriveerd en ontdeed de kozijnen van zijn gekraakte huis van de bedspiralen, zette de deuren en ramen op een kier en keek elke avond of er al iets naar binnen wilde komen vliegen. Maar het duurde lang alvorens zij zich op dit onontgonnen terrein aan een nieuwe ontmoeting waagden. Ze waren te bang oude bekenden tegen te komen. Daarom deden zij eerst ter verkenning enkele brieven uitgaan. Hij: 'De angst is groot oude wegen te gaan of nogmaals te gaan en de kans is groot uit angst helemaal geen wegen te gaan.' Zij: *'Et pourtant, toujours nous nous choisissons un compagnon. Het is een kwestie van leven én dood.'*

> 'Doe toch niet zo pathetisch.'
> 'Wat is er nu weer?'
> 'Je raakt het niet.'
> 'Ik citeer de brieven.'
> 'Die zijn al geschreven.'
> 'Ik pleeg heus geen plagiaat op mijzelf.'
> 'Je maakt het te rond.'
> 'Er is ook iets als een verhaallijn die geschreven wil worden.'
> 'Vergeet die nu maar.'
> 'Maar wat dan?'
> 'Beschrijf een dag, een uur, een enkele minuut.'

'Van de thuiskomst?'
'Ja, van de eerste weken in jullie oude stad.'
'Nog nooit hadden we zoveel bagage gehad om mee naar huis te slepen.'
'Mmm.'
'Toen alles goed en wel was uitgepakt, begon het wachten.'

Zij zat te wachten in haar kleine woning in het oude centrum van de stad en hoorde de fietsen over de dijk passeren, maar niet haar straat inslaan. Haar oren waren zo getraind geraakt in het determineren van de voorbijgangers dat ze 's nachts niet kon slapen van de vele geluiden die allemaal dienden te worden geregistreerd en geanalyseerd. Soms schoot zij rechtovereind in bed als in haar straat een fiets tegen de muur werd gesmeten. Zij wachtte omdat zij niets van hem wist. Ze mochten ook niets van elkaar weten. Ze maakten geen afspraken, spraken geen beloftes uit. Ze zouden elkaar iedere keer voor het eerst zien. Het was zenuwslopend.

Er gingen dagen voorbij dat zij haar huis niet uit durfde, uit angst hem mis te lopen. Ze liep hem nooit mis, want om de een of andere reden wist zij heel goed wanneer zij wel en wanneer zij niet voor niets zat te wachten. Dat was het ergste. Weten dat zij wachtte om niet. Zichzelf telkens weer wijsmaken dat het toch best mogelijk zou zijn dat... zich telkens van alles wijsmaken, zich gek maken met die illusies.

Het wachten kleurde haar dag en haar nacht. Haar verlangen naar hem was zo groot dat het haar kleine woning aan de gracht dreigde op te blazen. Zij zat achter haar bureau en meende dat zij van pure spanning elk moment tegen het plafond geschoten kon worden. Ze wist bijna zeker dat ze dit keer niet voor niets zat te wachten. De hele dag had ze de onrust voelen stijgen, terwijl ze door de twee kleine kamers heen en weer liep. Ze had bloemen gekocht, er was wijn in huis, en zelfs de juiste muziek stond aan. Er lagen schoongewassen lakens op het bed, dat bijna de hele slaapkamer in beslag nam. Het was middernacht. Nu moest het ogenblik heel gauw aanbreken, want zij kon niet meer. Zij wist dat elke minuut haar kansen vergrootte. Ze las voor de zoveelste maal de beginregel van het gedicht dat voor haar lag:

Wer aber weiss von uns?
Nicht Baum, noch Sterne,
nicht die vergangene Helden, die wir gerne
beriefen –, ach, nicht einmal unser Haus!

Het oorverdovende lawaai van een fiets die precies op het moment dat het vergeten de tijd begon te keren tegen haar huis aan werd gezet, deed haar van haar stoel omhoog vliegen, en even leek het erop dat ze alsnog het plafond zou halen. Haar bureau stond vlak naast het raam en tussen haar en de fiets bevond zich nog geen twintig centimeter. Dan de snerpende bel van haar voordeur, waarop twee keer kort werd gedrukt. Ze stond niet onmiddellijk op, maar savoureerde als het ware de aankondiging van het langverwachte bezoek. Ze zoog met een teug zoveel mogelijk lucht naar binnen. Dat hielp. Ze voelde hoe haar bloed weer door haar lichaam begon te stromen. Alsof er ineens een pomp in werking werd gesteld die het wat al te lang had laten afweten. Met overdreven trage bewegingen liep ze naar de deur.

Te midden van het vale schijnsel van de straatlantaarn stond daar het mooiste op aarde, en hij lachte zoals alleen de goden kunnen lachen. Zeus zond terstond een bliksemstraal, die precies de drempel van haar huisdeur raakte. Zij barstten uit hun voegen en begroetten elkaar. Ze was gered. Haar kon niets meer gebeuren. Alles kon haar nu gebeuren.

'Is die bliksem niet een beetje banaal?'
'Wat is daar nu weer banaal aan?'
'Zoek je niet te veel, en te graag? Het ligt voor het oprapen.'

'Daar merk ik niks van.'
'Je moet goed kijken.'
'Ik kijk de ogen uit mijn hoofd.'
'Je moet je ogen naar binnen keren.'
'Ik weet niet of...'
'Wil je nu schrijven of...?'
'Ik weet het niet meer.'
'Nou, vooruit, de deur ging open en toen...'
'Toen werd de wereld opnieuw geschapen...'
'Alsjeblieft...'
'Toch wel. Niets was meer zoals het geweest was... Alles kwam in beweging, begon van kleur te veranderen, beige werd goud, grijs werd blauw, zelfs de lucht veranderde, en een zilte zeewind vermengde zich met de brakke zomergeur van de grachten...'
'Mmm.'
'Wat stilstond kwam tot leven; in de gevels van de buren bogen de gebeeldhouwde figuren zich nieuwsgierig naar voren... Een mollige babyengel lachte mij toe, wiegde op zijn heupen, draaide zijn ronde hoofd... De geluiden die de wind meevoerde werden gefilterd, gezeefd, omgezet in één zoete, stadse nachtmuziek...'
'En hij?'
'Hij droeg dat allemaal met zich mee tot aan mijn voordeur en lachte verontschuldigend om deze revolutie...'
'Verontschuldigend?'
'Ja, alsof hij het ook allemaal niet kon helpen.'
'En toen?'
'Ik denk dat ik na verloop van tijd zijn hand heb gepakt, hem mee naar binnen heb genomen, wijn heb gegeven, en de beste stoel, en misschien ook wat te eten...'
'Natuurlijk.'
'En dan zitten we zwijgend en lachend tegenover el-

kaar, luisteren naar de muziek en proberen af en toe een woord uit, een enkele zin, soms een vraag.'
'Halve woorden?'
'Ja, en halve zinnen, afgebroken vragen en toespelingen, maar altijd dubbelzinnige antwoorden. Het is een spel, eindeloos. We verdwalen langzaam in een taal die buiten elke tijd staat en alleen voor ons te horen is.'
'Het was nooit duidelijk of hij bleef...'
'Nee, elke nacht moest de eerste zijn. Soms bleven we de hele volgende dag in bed liggen, soms verdween hij echter al voor het eerste ochtendlicht en werd ik uren later alleen wakker.'
'Wat deed je dan?'
'Dan ging ik door de stad lopen dwalen.'

*

Wat een verhaal. Moet ik hier soms een of andere idylle diep in de ogen kijken? Ik leg Hannah's map terug op tafel. Die innerlijke dialogen bevallen mij nog het meest... Pieter zou het schizosubjectiviteit noemen. Je bent meer dan je denkt te zijn. Er is altijd een stem die op de achtergrond mee loopt te murmelen en de zaak op stelten zet. Pieter zou meteen een recept hebben uitgeschreven.

Vooruit, naar bed. De deuren en luiken dichtdoen. Ik loop naar de keuken en houd nauwlettend elke schaduw in de gaten. De verroeste scharnieren van de luiken snerpen in de stille nacht. En dan ineens de uil, die het kabaal blijkbaar ook gehoord heeft; zijn roep lijkt regelrecht uit de onderwereld te komen.

Als ik eindelijk in bed lig, wil de slaap weer eens niet komen. Ik probeer het hele assortiment: kabbelende beekjes, ruisende korenvelden, maar de lange, dunne naald die mijn rechteroog doorboort is niet te vermijden. De stilte wordt steeds dreigender. Is daar nog een woord, een beeld, een blik? Hangt daar nog een papaver over de rand van de afgrond? Er moet toch op zijn minst één zin zijn die ik tegen mezelf kan uitspreken. Maar er rolt alleen wat gestamel over mijn lippen.

Waarom in godsnaam die woestijn? Waarom die onbetrouwbare nomaden? Waarom dat gedraai bij hun vertrek? Hun afwezigheid is langzamerhand een vette schaduw geworden die zich van 's morgens vroeg tot 's avonds laat over mijn bestaan werpt.

24

Twee jaar lang heb ik alleen maar aan een ongeluk gedacht. En toen, om onverklaarbare redenen – wat had ik gelezen, gezien, gehoord? – heb ik voor het eerst die andere mogelijkheid overwogen. Ik stond op het balkon van mijn huis in Amsterdam, keek naar de pas geknotte bomen en dacht wat niet geoorloofd was: Hebben zij zich misschien bewust van mij willen losmaken? Vanaf dat moment is het in mijn hoofd gaan razen en werd de drang om naar Roubert te vertrekken, in de hoop daar een aanwijzing te vinden, steeds groter. Nu ben ik hier al twee weken en heb ik alleen een zwarte map met een curieus verhaal erin gevonden.

Hannah had eindelijk haar 'sabbatical' gekregen en mocht een jaar lang ongestoord aan haar boek over de tijd werken. Na onze laatste zomervakantie in Roubert, nu bijna drie jaar geleden, zouden ze nog verder naar het Zuiden gaan, te voet de Pyreneeën over, dan per trein Spanje doorkruisen en bij Cádiz de Straat van Gibraltar oversteken om vervolgens langs de kust van Noord-Afrika via Oran, Algiers en Tunis naar Carthago te reizen. De auto lieten ze voor mij achter en daarmee ben ik, de laatste gesprekken over die bevallingen nog in mijn hoofd, naar huis teruggereden. Hun laatste ansichtkaart uit Hamamet met die stomme kamelen erop en dat dubbelzinnige bericht kreeg ik ruim drie maanden later, voordat ze via Ghadames de woestijn en het Massief van Ahaggar zouden oversteken om naar de rivier de Niger te gaan, die zij tot aan het Kainjimeer zouden afzakken, waar vrienden van ze aan een of ander landbouwproject werkten. Daar zijn ze dus nooit aangekomen.

Je gaat pas bellen als de twijfel je zo lang in het ongewisse houdt dat hij zich als vanzelf omzet in angst. Al weken had ik het zwarte toestel scherp in de gaten gehouden. Voor niets. Er werden geen woestijnen overbrugd en geen prettige feestdagen toegewenst. Na verloop van tijd trok ik de conclusie dat er iets niet klopte. Dat er voldoende reden voor bezorgdheid was.

De handeling van de telefoon pakken, het nummer van de vrienden aan het Kainjimeer opzoeken, de hoorn van de haak nemen was minder onschuldig dan ze leek. Mijn besluit telefonisch contact te zoeken met het andere continent betekende in feite dat ik mijn vertrouwen opzei. Elk nummer dat ik draaide leek het noodlot te bezegelen.

'Nee, wij hebben ook nog niets gehoord,' meldde een stem duizenden kilometers verderop. 'Maar maak je geen zorgen. Zo'n tocht door de woestijn duurt eindeloos.'

Dat kun je wel zeggen.

Buitenlandse Zaken. Toen we eindelijk tegenover de juiste ambtenaar kwamen te zitten – ik met dat door slapeloosheid geteisterde hoofd en het belachelijke maar niet uit te bannen idee dat het allemaal mijn schuld was – barstte ik na een halfuur in tranen uit. Pieter wist zich natuurlijk geen raad met deze situatie en nam dankbaar het advies van de eveneens zeer in verlegenheid gebrachte ambtenaar aan om ons ter plekke verder te informeren. Op 11 februari 1994 – Hannah zou die dag drieënvijftig geworden zijn – stegen we in jagende sneeuwstormen op van Schiphol richting Tunis.

'Laten we deze reis dan maar als een verjaardagscadeau voor haar beschouwen.'

Ik zit gebogen over het plastic plateautje waarop allerlei kleine bakjes met eten staan en peuter de schroefdop van het al net zo kleine flesje wijn los.

Pieter kijkt me zorgelijk aan.

'Proost!'
Geen reactie.
'Zeg, feliciteer je me niet meer met mijn moeder?'
De rode wijn is zo smerig dat het haast wel een slecht voorteken moet zijn. Toch laat ik het zure vocht door mijn keel glijden. Waar gaan we naartoe? Wat gaan we doen? Ik neem nog een glas en kijk naar buiten. Het eten raak ik niet aan. Uit het raam zie ik een bedrieglijk dikke laag wolken hangen. Een zachte matras voor degene die zich buiten het vliegtuig wil wagen.

De windgevoelige Airbus zwenkt heen en weer op de luchtturbulentie en het personeel heeft de grootste moeite de koffie na het eten ook daadwerkelijk in de daarvoor bestemde plastic kopjes te gieten. Niet dat het glimlachen er minder om wordt. Al zouden de motoren eraf flikkeren, dan nog is de glimlach op de mond van het in rode pakjes gestoken personeel er niet af te poetsen.

'Suiker en melk?'
Ik knik en zeg tegen Pieter: 'Deze reis is toch voor niks.'
Weer geen antwoord.
'Ik voel het, ik weet het zeker.'
'Kom nou, Det, als je zo begint. Wie weet zijn ze inmiddels allang in Niamey aangekomen.'

Altijd houd je er rekening mee dat het kan gebeuren, maar toch hoop je stiekem dat het niet jou maar iemand anders zal overkomen. Maar na enige tijd waren wij wel degelijk de laatste passagiers die overgebleven waren en stonden we verdwaasd naar enkele vreemde koffers te staren die af en aan bleven rollen, zonder dat iemand er ook maar de minste interesse voor toonde. Ik ook niet, want ik wilde mijn eigen koffer terug. Maar wat er ook kwam, niet de mooie, zwartlederen koffer met lichtbruine banden, die nog van mijn oma was geweest, en waar ik behalve al mijn kleren en toiletspullen ook mijn schriften en boeken in had gestopt.

Pas toen we een kwartier gewacht hadden – en ik mij zo van mijzelf vervreemd voelde dat het leek of er een stuk van mijn eigen lichaam in het vliegtuig was achtergebleven – zijn we op zoek gegaan naar iemand bij wie we de vermiste koffer konden melden. In gebrekkig Engels werd ons verteld naar het *Lost and found office* te gaan. Natuurlijk, waar anders? Een lange, zwaar beringde hand wees ons vaag een bepaalde richting uit en wij liepen er nietsvermoedend naartoe. Het is waar dat wij daarbij allerlei hokjes en mannen in uniform passeerden.

Uiteindelijk kwamen we bij een soort bagagedepot aan. Daar stonden zoveel koffers en tassen dat de mijne er wel bij moest zijn. Maar nee. Zonder papieren met stempels en nummers gingen ze daar niet zomaar tussen zoeken. En voor die stempels moesten we natuurlijk weer bij een ander loket zijn. Wij dus weer terug naar de aankomsthal. Halverwege werden we door een douanebeambte aangehouden. Waar of we naartoe wilden en wat we daar deden.

Op een kantoortje werden we aan ellenlange verhoren onderworpen, die mij zo kwaad maakten dat ik helemaal geen antwoord meer gaf en telefonisch contact met de Nederlandse ambassade eiste. Pieter zat er verloren bij. Als de wereld ten onder gaat, ben ik altijd degene die begint te schreeuwen.

Toen ik mijn geduld echt begon te verliezen, verscheen er plotseling een breed grijnzende diplomaat van een jaar of veertig in het bedompte kantoortje. Ik kon eerst alleen maar stomverbaasd naar zijn smetteloze grijze pak staren. Hoe hield hij dat zo schoon in deze stoffige omgeving? De diplomaat begon op zacht fluisterende toon met de agenten te onderhandelen. Hij legde een envelop op tafel en wist ons binnen een paar minuten alsnog een visum te bezorgen. Ineens werd er door iedereen hard en veel gelachen. Behalve door mij. Mijn wantrouwen jegens dit land groeide met de minuut.

De eerste passen die ik zonder koffer op Afrikaanse bodem

zette, lagen tussen de taxi en de ingang van ons hotel in de binnenstad. Prikkelende kruidengeuren vermengd met zilte zeelucht en zoete etenswaren. Geklater van stemmen en wegstervende muziek. Een warme, vochtige nacht die als een deken over onze schouders werd geworpen.

25

27 maart 1972

De volgende dag liep zij met een vage glimlach om haar mond door de stad. Ze bezocht de boekhandels die hij zou kunnen bezoeken, maar zag nergens zijn lange zwarte jas. Er was een zaak waar ze de boeken van hun helden op de eerste verdieping neerlegden. Ze beklom de steile trap naar boven, maar op de verkoopster na was er niemand te bekennen. Dat zou nog jaren zo doorgaan, en op een gegeven moment werden de boeken naar de kelder verplaatst. Omdat ze de verkoopster zo aardig vond, kocht ze de *Tropismes* van Sarraute; wie weet zou ze van haar innerlijke gemoedsbewegingen iets wijzer worden. Nog was zij gelukkig. De stad deinde zachtjes heen en weer op het drijfzand van de herinnering.

Uren achtereen liep zij doelloos door de straten en de stegen van de oude stad. Haar armen, haar benen, zelfs haar voeten kriebelden bij elke stap. Om niet over haar juichende lichaam te struikelen moest zij af en toe wel een huppelpas maken. Men staarde haar verbaasd na. Ze was zonder make-up de stad ingesprongen, maar zoog toch alle blikken naar zich toe; misschien hoopte men dat er iets van haar overdaad op hen zou overspringen.

Ze ging op een bank aan de gracht zitten en begon in het zachte namiddaglicht te lezen. Al de eerste Franse woorden die zij zachtjes voor zich uit prevelde, namen haar mee naar die andere stad. Voor altijd zo op die bank te mogen blijven zitten. Niets meer te hoeven, behalve de geuren opsnuiven die nog in haar handpalm lagen: gember, kaneel en paardenmest. Ze stak een sigaret op en trok de rook zo diep mogelijk naar binnen. Toen het begon te schemeren, liep ze door het smalle straatje naar haar huis.

's Nachts begon opnieuw het wachten. Er was geen schijn van kans. Niet twee keer vlak na elkaar. Dat wist zij ook wel. Toch tuurde ze in gespannen verwachting uit haar raam en werd elke voorbijganger zorgvuldig gedetermineerd alvorens te worden afgewezen. Ondertussen probeerde zij zich de afgelopen nacht zo goed mogelijk te herinneren. Steeds probeerde zij zich elke beweging en elk gebaar opnieuw voor de geest te halen, maar waar zij eerst nog feilloos de hand zag die haar blote schouder streelde, werd deze bij de tweede of derde keer al onscherper en was hij op het laatst niet meer dan een blanke vlek die voor haar ogen danste. Helaas kon zij haar geheugen niet voor het karretje van haar verlangen spannen. Dat was een tegenvaller, want nu begon ook al de glimlach om zijn mond te vervagen. Zij wachtte en begon hem te vergeten, begon zichzelf te verliezen.

'En waarom ging je niet gewoon naar hem toe?'
'Dat mocht niet.'
'Van wie niet?'
'Van ons, van de goden, van weet ik veel wie of wat.'
'Bang dat de koek gelijk op zou zijn?'
'Ik weet het niet.'
'Er moest iets in banen geleid worden?'
'Nee, de afstand moest bewaard blijven.'
'Vermoeiend.'
'De afstand was een voorwaarde.'
'Soms lijkt het wel alsof jullie niet elkaar, maar iets of iemand anders beminnen. Was er een *Dritte im Bunde*?'
'En wie zou dat dan wel geweest zijn?'
'Drie keer raden.'
'Ach, wat voor ons geldt, geldt voor elke liefde.'

De volgende ochtend lag er een witte envelop op de donkergroene deurmat. Ze kon het niet geloven. Ze was ervan overtuigd dat zij zelfs in haar slaap nog alle geluiden kon registreren en wist zeker dat zij geen fiets voor haar huis had horen stoppen noch een brievenbus had horen klepperen. Toch lag daar een witte envelop met het bekende handschrift.

Eerst draaide zij om de voor haar voeten geworpen prooi heen, snuffelde eraan, maar algauw maakte ze de envelop open en las gespannen de eerste zinnen: 'De ontmoeting is een mysterie, een bron van leegte, want haar plaats is er geen en haar gebeuren vindt plaats bij gratie van het eigen leeg worden, de eigen uitstorting van het niets in de ontmoeting. Ik ben dankzij dit ontmoeten. Ik ben dankzij jou.'

'Zeg, die kwestie van dat citeren...'
'Wat is er nu weer?'
'Vind je dat niet een beetje, hoe zal ik het zeggen, indiscreet?'
'Misschien, maar is het schrijven zelf niet indiscreet?'
'Ik zou er wat voorzichtiger mee omspringen.'
'Als ik voorzichtig had willen zijn, was ik hier nooit aan begonnen.'
'Oké, maar vergeet niet: alles heeft zijn prijs.'

Zij legde de brief weer neer en ging er in de verste hoek van haar kamer nogmaals op staan wachten. Ze deed enkele stappen in de richting van haar bureau, maar besloot eerst iets anders te gaan doen, koffiezetten, de kamer opruimen, want eigenlijk durfde zij niet verder te lezen, uit angst weer van het gelezene afscheid te moeten nemen.

Lang kon zij de verleiding echter niet weerstaan. En dus las zij verder: 'Wij raken voortdurend het wezenlijke van (ons) ontmoeten: dat moment, waarop, als wij ons diepste prijsgeven en op het punt staan te gaan delen, de eenzaamheid ons onherroepelijk herneemt. Maar vergeet niet dat je gesloten oog me achterlaat in onze verrukking.'

26

Dikke stapels bontgekleurde stoffen en tapijten, diepbruine houten tafels en stoelen, hoge torens van opeengestapelde koperen potten. Het gonst van de stemmen, die aanprijzen, onderhandelen, afdingen. Dan weer een stuk met alleen groenten, vlees en fruit. Het gaat rap van de hand, en er wordt veel bij geschreeuwd en gelachen. Overal vrouwen met kinderen, oude mannen, een enkele toerist. Ik wil helemaal niets kopen en probeer me ondanks de drukte zo snel mogelijk door de bergen sinaasappels en bananen heen te werken, terwijl ik ondertussen angstvallig Pieter in het oog houd. Hij loopt slechts een paar meter voor mij, maar af en toe verdwijnt hij achter de voortschuifelende mensenmassa. Daar duikt zijn schichtige blik weer op achter een kraam met kaftans, tassen en leren ceinturen. Ik probeer dichter bij hem te komen, wat nauwelijks lukt, omdat er de hele tijd aan mijn armen getrokken wordt: 'Look, miss, not buy, look.' Ik kijk niet, en dus wordt er in mijn oren gesist, voor mijn voeten gespuugd en gelachen, hard gelachen. Wanneer ik me losruk, gooi ik een papieren zak met kruiden omver, ik mompel nog een verontschuldiging, en spring snel over de kruidnagels en peperkorrels heen, Pieter achterna, die ik niet langer voor mij zie.

Wel zie ik van onder de bruine sluiers de donkere, fonkelende ogen die me honend en kwaad aanstaren. Ook zie ik de scherpe neuzen en de naar beneden getrokken monden vol afkeuring over mijn blote hoofd, mijn blote benen, mijn blote armen. Waarom heb ik niet iets meer aangetrokken, wat doe ik hier ook op deze overvolle markt, in deze verlammende hitte, waarom heb ik niet gewoon een taxi naar de ambassade genomen, de kasba is niet om door te komen. Onverhoopt struikel ik ook nog over de benen van een oude man, die onderuitgezakt aan een waterpijp ligt te lurken.

Naast hem zit een jongetje achter een mand vol bosjes witte bloemen. De bloeddoorlopen ogen in het zwaar gegroefde gezicht van de oude man kijken me wantrouwend aan. Ik klauter overeind, wil alweer doorlopen, maar de oude man houdt me aan mijn been vast en steekt bedelend zijn hand naar me op. Ik heb geen geld, dat heeft Pieter bij zich, en ik wijs zijn richting uit en schud met mijn hoofd.

Dan legt het jongetje een klein, stevig bij elkaar gebonden bosje bloemen in mijn hand. Ik kijk hem verbaasd aan, zie de stralende goudbruine ogen, de vrolijke lach, de olijfkleurige huid, nog nooit heb ik zo'n mooi jongetje gezien. Ik buig me voorover. Voordat ik met mijn ogen het bosje bloemen kan thuisbrengen, vertelt mijn neus al wat het is. Jasmijn. De sterke, bedwelmende geur van de bloemen kietelt in mijn neus, maar ik schud nogmaals heftig van nee, ik heb toch geen geld en... Maar het jongetje lacht en dringt aan, en de oude man haalt zijn schouders op en maant me met de bloemen verder te gaan. Ik stamel een bedankje, streel het jongetje over zijn ravenzwarte haar en denk: Niet zij, maar ik ben hier de bedelaar.

En ik loop alweer door, met de jasmijn in mijn hand, die ik af en toe naar mijn neus breng om de zoete geur diep op te snuiven. In de verte zie ik godzijdank ook Pieters hoofd weer verschijnen. Ik zwaai en roep en duw al die mensen opzij, die me prompt beginnen na te roepen, maar het interesseert me niet, ik begrijp ze toch niet, ik moet eerst bij Pieter en zijn gevaren bezwerende armen zien te komen.

In een klein koffiehuis komen we op adem. Bij de gitzwarte koffie, die in kleine, smalle glaasjes wordt opgediend, krijgen we een stuk mierzoete taart. De jasmijn ligt voor mij op het ronde tafeltje. De overige bezoekers hebben zich nieuwsgierig naar mij omgedraaid: ik ben de enige vrouw in het café. Bij elke hap die ik neem, denk ik: Alles is hier extreem – te heet, te fel, te sterk, te zoet.

Een licht geroezemoes zwelt aan. Alle ogen worden één kant opgedreven. In de deuropening staat een blanke vrouw. Ze draagt een rode zomerjurk en heeft een grote zonnehoed op die de helft van haar gezicht bedekt. Iedereen kijkt naar haar. Ik ook. Ze blijft aarzelend in de deuropening staan. Het lijkt of de mensen haar kennen, of ze hier wel vaker haar neus om de hoek komt steken. Haar blik glijdt langs de bezoekers, maar als ze mijn richting uit kijkt, draait ze zich plotseling om. Verlamd staar ik naar die hoed, die jurk, die trotse gestalte, die gebruinde benen die het koffiehuis weer verlaten en grijp Pieters hand, maar die heeft zich alweer over zijn stuk taart gebogen. Ik spring overeind, hol haar achterna, maar zie buiten alleen een eindeloze stoet donkere sluiers aan me voorbijtrekken.

27

Deze dag is begonnen met een goed voornemen. Alweer een, maar deze keer ben ik vastbesloten het niet bij een voornemen te laten. Ik wil het ook daadwerkelijk uitvoeren. Vandaag zal ik eindelijk eens een normale maaltijd bereiden. Na dagen van brood, kaas en omeletten is het de hoogste tijd voor wat vitamines. Daarom heb ik vanmiddag boodschappen gedaan, de keuken opgeruimd en de juiste pannen uitgezocht. Het kokkerellen kan beginnen. Courgettes met spek in de oven. Voor het eerst sinds mijn verblijf hier ben ik in staat zomaar rustig aan de keukentafel groenten te snijden. Ik schenk mezelf een groot glas wijn in, dat helpt.

Ik laat de uien, de knoflook en de blokjes gerookte spek in de olijfolie glijden. Een paar minuten goed doorbakken, en dan wat bieslook en dille eroverheen, de in plakjes gesneden courgettes en enkele tomaten erbij, een scheutje wijn, en het vuur kan laag. Terwijl de groenten zachtjes in de hete olie liggen te pruttelen, roer ik de laatste drie eieren van Cécile met een scheutje melk, flink wat parmezaanse kaas, zout en peper in een kom, en begin te kloppen totdat er een mooie, gladde saus ontstaat. Het gaat goed, er is niets zo eenvoudig als de boel eens lekker door elkaar klutsen.

Als de groenten gaar genoeg zijn, leg ik het courgettemengsel in de ovenschaal en schenk de eiersaus erover uit. Nog wat kaas erover en hup, in de oven. Een minuut of twintig. Niet te lang. Ik ga aan de keukentafel zitten wachten en schenk mezelf maar weer eens vol.

Met of zonder bosje jasmijn, ik kwam niet veel verder. Bij de houten barak van een autoverhuurder aan de rand van de roodkleurige, rotsachtige woestijn waren we ongewild getuige van de slachting van een schaap, dat nadat haar keel was doorgesneden, schaamteloos aan haar poten in de deuropening was opgehangen. Het bloed stroomde eerst soepel weg uit de diepe snee in de nek, daarna druppelde het nog minutenlang na in een plastic emmer die op het rode zand stond. Het lukte maar niet om de slachtende autoverhuurder aan de praat te krijgen. Hij was misschien de laatste persoon geweest die mijn ouders had gezien. Zijn koppige zwijgen was onverdraaglijk.

Voor de zoveelste keer vraag ik hem of hij zich mijn ouders kan herinneren, die bij hem een auto gehuurd moeten hebben. De man blijft onverstoorbaar zijn mes aan een platte steen slijpen en zegt niets. Kijkt mij niet eens aan. Dan mompelt hij plotseling in bijna onverstaanbaar Frans dat zij eerst wel in een auto geïnteresseerd waren, maar later toch weer niet.
'Maar waarom dan niet?'
Hij haalt zijn schouders op, werpt een veelbetekenende blik naar de hemel en grinnikt: 'Ze dachten dat zij als wij waren.'
Met zijn lange mes slaat hij tegen zijn borst en herhaalt: *'Comme nous!'*
'Wat bedoelt u?'
Ik kijk naar Pieter, die zich de hele tijd afzijdig heeft gehouden en zijn wenkbrauwen optrekt omdat hij het ook niet begrepen heeft.
'Hoezo, *comme nous*?' herhaal ik. Maar de man lacht alleen maar en snijdt plotseling met één razendsnelle haal het schaap van boven tot onder open.
Moeten kijken naar wat je niet hoort te zien. Een opengereten lichaam, tentoongesteld aan de wereld. Ondanks alle voorafgaande rituelen van het slaan met jasmijntakken en andere bloemen tegen de kop van het beest en het besprenke-

len van de polsen met de eerste opgevangen bloeddruppels door enkele gesluierde vrouwen die nu in geen velden of wegen meer te bekennen zijn, kan ik alleen maar walging voelen voor de manier waarop dit lichaam aan de openbaarheid wordt prijsgegeven.

Met één ruk trekt de man de darmen en andere ingewanden eruit en smijt ze in de emmer met bloed.

Dan word ik ineens zo verschrikkelijk kwaad op de koele arrogantie van die man, op die vervloekte woestijn, zelfs op dat arme schaap dat daar zo deerniswekkend in de deuropening hangt, dat ik pal voor hem ga staan.

'Wat bedoelt u? Net als wij? Ik moet dat weten, het zijn mijn ouders over wie we het hebben!'

De man kijkt mij recht in de ogen en even ben ik bang dat hij mij nu ook met zijn mes te lijf zal gaan. Pieter is vlak naast mij komen staan en wil net de zaak sussen als de man het zweet van zijn voorhoofd wist en zegt: 'Ze dachten met een paar nomaden de woestijn door te kunnen trekken, op kamelen, zonder gids. Maar dat kan zomaar niet.'

Hij schudt verwoed met zijn hoofd.

Typisch Hannah, flitst het door me heen, zo authentiek mogelijk.

'Waarom kan dat niet? Wie waren dat dan, die nomaden?'
'Die groep kennen wij hier niet, die kent niemand. Die komen en gaan en bemoeien zich nergens mee. Die leven daar,' en hij maakt met zijn mes een weids gebaar naar de woestijn.

Rechts boven de vlakte zakt een gloeiende zon naar beneden, die het zand nog dieper rood kleurt. Links, achter de heuvels, zie ik de hemel zwart wegtrekken. We moeten opschieten. Ik wil niet de nacht doorbrengen bij deze man en zijn schaap.

'Maar zouden ze hen dan beroofd hebben?'
'Ah, dat weet alleen Allah. Maar ze zijn zo hard en droog als de woestijn.'

De man zet een stap opzij en begint de vacht van het schaap met handige, korte bewegingen vanaf de schouders naar beneden te trekken.

'Kunnen we dan niet achterhalen welke nomaden dat zijn geweest of waar zij naartoe zijn gegaan,' probeer ik nogmaals, 'die mensen moeten toch een identiteit of verblijfplaats hebben?'

'Een wat? Nee, zij hebben niets, wat kamelen en tenten en messen, en de rijksten onder hen wat sieraden misschien, maar verder niets.'

'Maar hebt u ze sindsdien dan niet meer gezien?'

'Misschien wel, misschien niet. Je kunt ze niet van elkaar onderscheiden, en bovendien spreken ze niet, alleen als ze je wat willen verkopen, ha!' En weer lacht hij die brede grijns rondom zijn weggerotte gebit.

Ik loop nog enkele stappen de woestijn in en werp een laatste blik op die gloeiende aardkorst. Achter de heuvels komt een maan te voorschijn die bijna net zo rood is als de ondergaande zon.

'Alles is rood hier,' zeg ik tegen Pieter, 'hartstikke rood.'

Een sterk aangebrande lucht uit de oven. O nee, laat nu niet het eerste het beste gerecht dat ik hier maak verbrand zijn. Met een doek om mijn hand trek ik voorzichtig de gloeiende schaal naar voren. Het blijkt mee te vallen. Alleen de kaas is wat verschroeid.

Opgelucht zet ik de schotel op het aanrecht, pak een bord uit de kast, en wil net weer gaan zitten als mijn benen beginnen te trillen en ik mij aan de tafel moet vastgrijpen om mijn evenwicht niet te verliezen. Komt het door de wijn? Nee, het is de oven!

Al bijna een uur zit ik op mijn knietjes voor de oven en de keuken staat stijf van de baklucht. De hele middag ben ik met de appels en het meel in de weer geweest om mijn allereerste taart te bakken. Hannah heeft de benodigde spullen voor mij gepakt, maar verder mag ik het helemaal alleen doen. Ik heb de aanwijzingen uit het beduimelde kookboek vol vetvlekken zo nauwkeurig mogelijk opgevolgd. Wat kan er nog misgaan?

Hannah heeft een of twee keer om de hoek van de keukendeur gekeken en de taart voor mij in de oven gezet. Het is haar verjaardag. Ik maak deze taart voor haar en voor de visite die vanavond komt. Als eindelijk de ovenwekker afgaat, hol ik naar boven, naar Thomas' kamer.

'Kom, papa, kom nu, hij is klaar.'

Geen reactie. Mijn vader zit gebogen over een groot boek. Met zijn rechterhand krabt hij op zijn hoofd.

'De taart is klaar, kom nou!'

Hij staat langzaam op – altijd zo langzaam – en loopt achter mij aan naar beneden. Hij tilt de taart uit de oven en zegt dat hij hem prachtig vindt.

'Nu alleen nog wat laten afkoelen en dan kunnen we hem vanavond proeven.'

De visite is eindelijk gekomen en ook gaan zitten. Ik heb in mijn nieuwe kleren de gebakschoteltjes met de taart al uitgedeeld en ben verwachtingsvol naast Hannah op de bank gaan zitten. Overal zie ik de monden naar het gebak toe gaan. Smalle monden, dikke monden, roodgeverfde monden, monden met snorren. Ze proeven, schrokken of blijven al etend doorpraten.

Niemand zegt iets over de taart. Mijn ogen schieten heen en weer. Naar mijn oom, die mij vriendelijk toeknikt, naar Thomas, die dromerig voor zich uit staart, naar de buurvrouw, die druk zit te praten. En ze eten maar door. Sommigen zijn al klaar en zetten het bordje terug op tafel.

Niemand valt van zijn stoel van bewondering. Zelf heb ik nog geen hap durven nemen. Dan spreekt eindelijk mijn oma het verlossende woord.

'Heerlijke taart, Hannah. Heb je die zelf gebakken?'

Ik veer overeind. Ze vindt hem lekker!

'Ja, die heb ik vanmiddag tussen alle bedrijven door nog even gebakken.'

Ik kijk geschrokken naar rechts. Wat zegt ze nu? Ze vergist zich. Ík heb toch... Waarom zegt zij dat? Er komt eenzelfde paniek over mij als een paar dagen geleden in het zwembad, toen ik haar kwijt was en nooit meer dacht terug te vinden. Maar nu zit zij vlak naast mij en toch springen de tranen in mijn ogen. Ik kijk naar haar, naar Thomas...

'O ja,' zegt zij lachend. 'Det heeft ook een handje geholpen.'

Thomas lacht mij verontschuldigend toe, schudt fronsend even met zijn hoofd, maar ik zie hem al niet meer en hoor ook de opmerkingen van het bezoek niet, ren de kamer uit, de trap op, naar boven, naar mijn kamer.

Even later komt mijn vader naar boven en gaat naast mij op het bed zitten. Hij streelt mijn schokkende schouders en fluistert: 'Ze bedoelt het niet zo kwaad, ze weet het gewoon niet meer precies, het was ook zo'n drukke dag...'

Maar ik heb zojuist mijn moeder verloren en er een rivale voor teruggekregen.

Was het wel zo gegaan? Ik weet het echt niet meer. Was het egoïsme of eerzucht van haar geweest of kon zij gewoon geen onderscheid tussen haarzelf en mij maken? Wat ik deed, deed zij vanzelfsprekend ook. De één bewoog niet zonder de ander.

Als ik een haarlok naar achteren strijk, zie ik haar hand dezelfde beweging maken. Ik hurk voor de oven en grijp net zoals zij dat deed met mijn linkerhand opzij. Zoeken naar eenzelfde evenwicht. Wat pijn doet, is niet de gelijkenis, maar het onvergelijkbare dat in de herkenning wordt weggepoetst. Je verdwijnt in de overeenkomst en verliest jezelf. De cirkel sluit steeds meer. Je hebt maar te zijn waar je vandaan komt.

Er zijn mensen die het onvergelijkbare in zichzelf ogenschijnlijk heel gemakkelijk kunnen missen. Ze maken weinig ophef en leven in alle rust hun geleende leven. Je hoort ze niet, want ze laten zich gewillig langs de hekken leiden, eren hun vader en hun moeder en merken niet dat ze verdrinken in de samenspanning van hun liefde.

En ik? Had ik dat beter ook niet kunnen doen? Dan zaten ze hier misschien nog bij hun brave en gelijkende dochter. Maar ik predikte het onderscheid. Ik rebelleerde tegen de wetten van mijn vader en tegen de liefde van mijn moeder. Vooruit, een beetje van papa en een heel klein beetje van mama, maar de grote rest was van mij, van mij alleen. Het lijkt erop dat ze me die nu helemaal aan het gunnen zijn, die grote rest, die grote breekbare rest die huilend de courgettes uit de oven haalt, opschept, opeet en wegspoelt met een ferme slok wijn. Want het smaakt goed, het smaakt hartstikke goed.

28

29 maart 1972

Toen hun zomaar versprekingen over de lippen begonnen te rollen als: 'Wat doe je morgen?' of 'Zullen we volgende week...?' stelden zij kordaat een periode van verlof in. Zij mochten elkaar een tijdje niet zien. Daarop huilden de wolven en verstarden hun lichamen. Twee paar oren die boven de stad uit vlogen, twee paar ogen die wanhopig de hemel aftuurden. Al na enkele dagen lag zij stuiptrekkend van verlangen achter haar bureau. Ze probeerde te schrijven, dronk het ene glas wijn na het andere, rookte alsof haar leven ervan afhing en kroop als aangeschoten wild op handen en voeten naar haar bed. De volgende dag moest zij zich nog meer bovenmenselijke inspanningen getroosten om op haar stoel te blijven zitten.

Algauw hield ze het niet langer uit, sprong op haar fiets en reed door de nacht naar het huis dat aan de smalste vertakkingen van de grachten lag. Ze kwam voorbij de rode lampen, zag de dronkaards, de zwervers, de ontheemden en voelde zich een van hen. Zij deelde niet de uitzichtloosheid, maar wel de uitverkorenheid van hun nachtbestaan. De nacht die de rollen omdraait, want in de nacht waren zij de meesters die achteloos over de vergankelijkheid heersen.

Na de tweede brug sloeg zij rechtsaf en liet het rode schijnsel achter zich. Enkele meters verder hield zij stil en keek naar de overkant van de gracht. Daar lag het scheve, smalle huis van haar geliefde, waar alleen op de hoogste verdieping nog licht brandde. Zonder dat licht zou het huis een dichtgetimmerde bouwval zijn geweest. Ze leunde met één hand tegen de boom, rookte met de andere een sigaret en keek naar boven.

Ze bleef maar naar dat ene licht staren en probeerde zich hem voor te stellen daar, lopend door die hoge, smalle kamer, waar de sterren door het raam in het schuine dak naar binnen schenen. Ze keek en kon bijna de lijnolie waarmee de oude planken waren ingewreven ruiken. Ze keek en wilde maar één ding: op de gebarricadeerde deur timmeren, de scheve wenteltrap beklimmen en met hem op het zwevende bed onder de sterren liggen.

Na verloop van tijd zag zij zijn silhouet aan het raam voorbijtrekken. Met moeite smoorde ze de luide schreeuw die als vanzelf in haar omhoogschoot. Het was haar dan misschien toegestaan te kijken, roepen mocht zij in ieder geval niet. Zij mocht de schim niet haar wereld binnentrekken, op straffe van een verlies dat eeuwig zou duren. Ze wist dat wel, maar dit weten verzachtte niets aan de omstandigheden. Even zette de schim tot overmaat van ramp het raam open, stak zijn hoofd naar buiten, alsof hij vermoedde hoeveel wanhoop en verlangen zich daar stond te verbijten. Ze dook weg, maar was hevig teleurgesteld toen het hoofd zich onverrichter zake terugtrok.

Eigenlijk kon zij zich niet langer beheersen en moest zij wel een of ander teken naar de overkant seinen. Een teken dat de mogelijke twijfel omtrent haar bestaan weg zou nemen. Dus rinkelde zij een of twee keer met haar fietsbel. Wat moest zij anders? Zelden had ze zich belachelijker gevoeld. Zodra ze zijn hoofd in het venster zag verschijnen, sprong ze snel op haar fiets en maakte dat ze wegkwam. Het was duidelijk, dit verlof zou ze niet lang volhouden.

Toen er na een week bijna elke nacht door de stad gefietst werd, wisten ze dat het welletjes was. Zij stond weer aan de gracht, maar nu duidelijk zichtbaar onder het zachtgele schijnsel van de straatlantaarns, en belde, luid en zonder angst. Hij zwaaide onmiddellijk zijn raam open, lachte, riep iets onverstaanbaars en stormde de trap af naar beneden. Zij fietste razendsnel de brug over en stond al voor de deur op het moment dat deze openging. De regen van oneindigheid die bij hun eerste oogcontact neerdaalde op de straatstenen en zich voegde bij de lege flessen, papieren zakjes en gebruikte condooms. Zij waanden zich geen goden maar het goddelijke spiegelde zich aan hen.

'Over bescheidenheid gesproken...'
'Nee, toen niet, dat gold toen nog niet, dat had geen betekenis.'
'Later wel?'
'Ik wil het nog niet over later hebben.'
'Je hield het niet vol.'
'Hoezo?'
'Je werd een beetje hebzuchtig.'
'Kun je dat niet nog wat laten rusten?'
'Waarom?'
'Ik wil nog zo graag even hier blijven.'
'Maar daar schrijf je niet voor. Toen zag je de noodzaak van een verhaal nog niet eens.'
'Nee.'
'Nou dan?'
'Morgen. Morgen zal ik het naar het einde schrijven.'

29

De laatste nacht aan het strand van Hamamet. Pieter ligt onder zijn klamboe zachtjes te kreunen in zijn slaap. Ik loop door de tuin met de bloeiende bougainville naar het strand en voel het nog altijd warme zand onder mijn blote voeten. Boven de zee hangt roerloos een met sterren bezaaide hemel.

's Morgens waren we nog een keer met onze huurauto zuidwaarts naar de rand van de woestijn gereden. Pieter had het onzin gevonden om er op onze laatste dag nogmaals op uit te trekken en was liever aan het strand gebleven, maar ik moest nog eenmaal proberen hen achterna te reizen. Het was niet omdat ik meende hen werkelijk terug te vinden, maar eerder om nog eenmaal ter plekke de beweging van hun verdwijning te voelen. Na een goed uur rijden over wat met enige goede wil een verharde weg genoemd kon worden, stopten we waar de weg strandde in het zand van de woestijn. Hier stond niets meer: geen enkel paaltje, geen bord, niets van dat al. Hier werd geen richting meer aangegeven.

Ik ben uitgestapt, maar kon zelfs met een zonnebril en een doek voor mijn gezicht niet voorkomen dat het zand zich overal nestelde, in mijn ooghoeken, mijn neus, mijn mond. In dit droomloze landschap waar een felle wind waaide die tegen mijn wangen schuurde, voelde ik slechts onheil. Geen uitweg, geen berusting, geen hoop op een elders. De woestijn wilde alles wegmoffelen onder het zand van de wereld. Het driftige tikken van Pieters vingers tegen het gesloten autoraam doorbrak mijn verbijstering. Was hij er niet geweest, dan zou de woestijn ook mijn Waterloo geworden zijn. Zwijgend lieten we de jeep door het rulle zand ploegen, terug naar de weg, terug naar het hotel.

De halfronde maan verlicht het strand en de zee, en tovert zilveren spiegelingen op de langzaam heen en weer rollende golven. Een zoetzilte bries strijkt langs mijn gezicht. Geheel links aan de laaghangende sterrenhemel, gekanteld op haar zij, staat Cassiopeia. Voorzichtig raak ik met mijn tenen het lauwwarme water aan. Ik voel geen angst, geen woede meer. Dan zet ik een stap over de scheidslijn tussen het zand en de modder, tussen het vasteland en de zee, tussen mij en Hannah, en nog een, en nog een, alsof mij daar in de verte een geheimzinnige opdracht wacht. Het water komt al tot boven mijn knieën als ik afwisselend naar voren kijk en naar achteren. Ik aarzel nog. Voor mij twinkelen de sterren, die het zwarte gat verhullen waaruit ik geboren ben. Achter mij verlichten de strandlantaarns de voetstappen die ik in het zand heb achtergelaten.

Kies ik voor de zilveren gloed of voor de droge aarde? Ik laat me voorover vallen en spoel het zand uit mijn haren. Ik begin te zwemmen, steeds verder, en zie dat de sterren met mij mee zwemmen. Ik draai mijn hoofd naar links en zie hoe de gekantelde w van Cassiopeia een m wordt. De zeven heldere sterren trekken mij naar zich toe en ik buig al zwemmend af naar links, tot ik haar wederom uit het zicht verloren ben. Ik begin cirkels te trekken in de zee, van haar af, naar haar toe, van haar af, naar haar toe. Steeds kleinere rondjes zwem ik in de lauwe golven, totdat ik als vanzelf het zand weer onder mijn voeten voel en het strand op kruip.

30

29 maart 1972

'Je moet me helpen.'
'Ik doe niets anders. Tegen mijn zin wel te verstaan.'
'Dat weet ik nu wel.'
'Goed dan, het einde. Je hield het niet vol.'
'Nee.'
'Ondanks alles.'
'Het was onmogelijk.'
'Hoezo?'
'Het was onmenselijk.'
'Maar jullie wilden toch goden worden?'
'We wilden hooguit het menselijke ontstijgen.'
'Waarom?'
'Omdat dat verlangen nu juist zo menselijk is.'
'Dus er werden afspraken gemaakt...'
'En we begonnen elkaar steeds vaker op te bellen...'
'Tja...'
'Kunnen twee mensen de sluimerplaats van de dood zijn?'
'De dood is schaduw voor het leven, het zwart in het oog van de ander.'
'Maar dat vermeden wij niet, dat zochten we op.'
'Je wilde het onmogelijke.'
'Dat geloof ik niet...'
'Je wilde het onmogelijke mogelijk maken.'
'We werden onvoorzichtig.'
'Nee, we stonden in de wereld.'
'We?'

'Ja, ik hoor er toch ook bij?'
'Jij, in de wereld?'
'Ik werd door jullie de wereld in getrokken en voelde me gedwongen mijn partijtje zo goed en zo kwaad als dat ging mee te gaan blazen.'
'We werden hoogmoedig.'

Hun hoogmoed verleidde hen tot onvoorzichtigheid. Na ruim twee jaar afstand, brieven schrijven, zwerven en heen en weer fietsen meenden zij de stap naar de openbaarheid te kunnen maken. Het gebeurde, zomaar. Het overkwam hun. De nieuwsgierigheid van degenen die hen omringden kon niet meer met een lach beantwoord worden. Dus bekenden zij en namen plaats in het midden. Daar zaten ze dan. Tarara-ra! Het nieuwe paar. Naast elkaar op de bank bij familie, tegenover elkaar aan tafel bij vrienden. Verlegen om hun beloftes. Verbaasd over het gemak waarmee hun verraad gepaard ging. Maar wel gegeneerd en met het schaamrood op de kaken. Door al die anderen moesten er ook ineens afspraken gemaakt worden. Dus schakelden ze de telefoon in.

Ze wachtten niet meer zo lang op elkaar en al spoedig werden er minder brieven geschreven. De euforie over hun gevierdheid in de wereld maakte hen blind voor de binnensluipende gewoonten en verplichtingen. Die ene zin werd uitgesproken. Steeds vaker, steeds achtelozer. Alsof het niets was. Ze waren geen monster meer, maar een paar. Steeds lichter werden zij; ze gooiden hun zwaarte voor de zwijnen en werden zo licht dat ze in rook dreigden op te gaan.

'Je gaat te snel.'
'Laat me toch.'
'Neem me niet kwalijk.'
'Ik wil het niet schrijven.'
'Wat een onzin.'
'Ik kan het niet schrijven.'

'Moet het dan allemaal *Himmelhoch jauchzend* zijn?'
'Nee, maar het is niet waar, dat wil zeggen...'
'Nou?'
'Het wordt zo waar als ik het opschrijf.'
'Maak je daar maar geen zorgen over.'
'Dat doe ik juist wel.'
'Elk woord heeft zijn eigen vrijheid.'

Zijn woning dreigde in te storten, zodat hij van hogerhand gedwongen werd zijn monumentale pandje te verlaten. Dat vormde voldoende aanleiding om in de winter van 1970 samen een nieuwe woning te betrekken. Het viel niet mee elkaar zonder aparte brievenbus nog te schrijven. Daarom namen ze na verloop van tijd een tweede huis in het Zuiden. Ze gingen er soms afzonderlijk naartoe. Dan werd er weer eens een brief geschreven. Maar het was te weinig. Toen zij twee jaar samenwoonden, leek het wel alsof zij elkaar steeds minder gingen zien. Dat was eigenaardig, want in feite zagen zij elkaar steeds meer. Ook leek het alsof ze hun eigen taal aan het vergeten waren. Dat was ernstiger. Steeds vaker ruilden zij hun taal in voor de taal waarmee boodschappen gedaan werden, emmers geleegd en rekeningen betaald. Die taal begon vaak met de twee kleine, ogenschijnlijk zo onbeduidende woordjes: 'Wil je...?'

Het verraderlijke aan die woordjes was dat ze helemaal niets verzochten, maar een opdracht, of liever, een bevel gaven. Zo begonnen zij voordat zij er erg in kregen elkaar te gebruiken en kwam er haast onmerkbaar een vreemd spel tussen hen op gang. Het spel van 'wie is er aan zet?' Hoewel zij dat spel nooit eerder hadden gespeeld, kenden ze de spelregels alsof ze nooit anders hadden gedaan. Het ging erom land te winnen, verdedigingen op te bouwen, antwoorden klaar te hebben. Ze hielden helemaal niet van dergelijke spelletjes maar kwamen toch op de raarste momenten op dat speelbord terecht. Zij was duidelijk de fanatiekste speelster. Als er dan toch gespeeld werd... Hij liep bij verlies dagenlang koppig door het huis.

Dan sloeg ze hem gade, bij het afwassen, het krantenlezen of het televisiekijken. Ze zag hem wel, maar tegelijkertijd zag zij niets. Alsof er een scherm tussen hen was opgetrokken. Soms sloeg zij daar hard tegen en dan werd er vervolgens met deuren teruggeslagen en soms met borden en bestek gesmeten. Op die manier werd het spel openlijker en agressiever gespeeld. Dat beviel haar beter. Ze was nu eenmaal slecht in de indirecte oorlogsvoering. Ze was meer een straathond die grommend en bijtend recht op zijn doel afgaat. Waar het bij dit spel om ging, was het laten exploderen van de ergernis. Daarna zouden de wolken aan hun hemel wel verdwijnen. Maar de voorspelde opklaringen wilden nog wel eens uitblijven.

Als zij samen in het Zuiden waren, hervonden zij stap voor stap hun oude leven. Het spel van de wereld wist hen daar niet gemakkelijk te achterhalen. Soms vonden zij dan ook hun eigen taal weer terug. Maar steeds kwam er een moment waarop zij dit Zuiden weer moesten verlaten. Er waren verplichtingen, er moest brood op de plank. Terwijl hij in de marge bleef knutselen, schreef zij serieuze artikelen, kreeg prompt een baan aan de universiteit en werkte zich gestaag naar het centrum van de wereld toe. Daar richtte zij haar aandacht op haar nieuwe publiek. Zij kon zich niet de hele tijd met de liefde bezighouden, want haar studenten wilden ook wel eens wat anders horen. Ze gehoorzaamde en schreef keurig binnen de verwachte doel- en probleemstellingen. Schrijven was haar werk geworden. Ze dacht zich met dit werkende schrijven tegen van alles en nog wat in te kunnen dekken. Maar dat viel tegen. Na elk artikel zwol het zwijgen aan.

    'Beetje eenzaam dus, dat centrum?'
    'Kun je wel zeggen.'

'Maar wel lucratief.'
'Ach, geld speelt voor een dame van stand geen rol.'
'Aha, is er soms een offer aanstaande, in naam van de liefde?'
'Dat weet jij beter dan ik.'
'Misschien moet je eens een ander spel gaan spelen.'
'Ik heb geen zin meer in spelletjes.'
'O, maar het is interessant genoeg. Vooral voor dames met een centrumpositie. Maar kijk wel uit, want niemand kan precies weten hoe een offer uitpakt, in het schaakspel niet, in de liefde niet.'

31

Ik begin schoon genoeg te krijgen van dat filosofische gelamenteer van Hannah. Over wat voor een offer werd hier nu weer gespeculeerd? Kon ze de zaken niet eens wat duidelijker voorstellen? Nee, dan het eenvoudige boerenleven: melken, eten, slapen, melken, eten, slapen. Wie zijn bestaan tot die drie begrippen kan terugbrengen, moet wel gelukkig worden. Ik besluit die kunst af te gaan kijken van Babette, pak een fles wijn van het rek en loop naar de auto. Langzaam rijd ik het pad af. Op de telefoondraad langs de weg zit een bosuil, die misnoegd gadeslaat hoe een lid van de mensensoort zich weer eens laat verscheuren door onbegrijpelijke zaken als verlangen en verdriet. Met mijn rechterhand graai ik in het vakje onder het dashboard en vis er de liederen van Verdi uit. En terwijl ik door de steeds duister wordende heuvels rijd, neurie ik zachtjes mee: *Amo l'ora del giorno che muore, quando il sole già stanco declina.*

De zon is nu bijna verdwenen. Links hangt de veelkleurige hemel van het westen over de beboste heuvelruggen. Rechts verzinken de boerderijen al in de duisternis. Ik laveer daartussendoor, tussen dat licht en dat donker, passeer een dorpje, een Romaanse kerk en steek het riviertje de Seye over. Voorbij de bocht ligt de strakke, zeshoekige toren van de abdij van Beaulieu. Jaja, die monniken zochten altijd de beste plekjes uit. Geen tierelantijnen, geen overbodige versieringen. Eenvoud en soberheid was het cisterciënzer motto. De dode monniken tartend zing ik steeds luider – en ondanks mijzelf – het lievelingslied van Hannah mee. *In quell'ora mi torna nel core, un'età più felice di questa.*

Ik sla rechtsaf. Voor de boerderij van Babette bespringen twee woeste honden de auto.

'Af, Bika, af.'

Babette probeert tevergeefs de blaffende honden in bedwang te houden, hetgeen resulteert in enkele hondenpoten op mijn beige broek. Tussen het geblaf en gespring door lukt het me Babette de twee, of zijn het er nou drie, traditionele zoenen te geven en me van de wijn te ontdoen: zo nodig je jezelf bij iemand uit voor het eten. Maar dat gebeurt natuurlijk pas als er gemolken is, zodat mij in afwachting van de maaltijd door Babette de keus gelaten wordt om me bij Marc te voegen, de broer van Michel, die voor de verandering is ingeschakeld om niet de beesten maar Marie-Anne de fles te geven, of me te verpozen in het avondlicht. Nog voor ik weet wat ik moet doen, is Babette alweer vertrokken. Uiers die op springen staan, wachten niet.

Ik blijf wat heen en weer drentelen voor de boerderij die aan de voet van een met lage eiken begroeide heuvel ligt, want ik voel weinig behoefte om meteen al met iemand die ik nauwelijks ken beleefdheidsfrasen uit te wisselen. Voor me strekt het dal van de Bonette zich uit. Aan de horizon kan ik nog net de merkwaardige kerktoren van Caylus onderscheiden. Een kerk met een pierrothoedje op. In de kerk hangt een van de mooiste Christusfiguren die ik ken. Een langgerekt houten lichaam, waarvan één arm aan de spijker is ontsnapt en dolend in de ruimte tast. Uit een eik gehouwen door Zadkine, die zich tijdens de oorlog in dit dorp verscholen hield. De onmetelijkheid van het dal voor mij, dat daar zo kalm onder de met duizenden sterren bezaaide hemel ligt, geeft mij het merkwaardige gevoel dat ik nergens – en dus overal – thuis ben.

Vanuit het dal stijgt het onheilspellende roepen van de uilen op. Alsof het duister zelf een keel opzet. Het kost me enige moeite van deze onderwereldmuziek afscheid te nemen, maar dan doe ik toch de glazen keukendeur open, en stap naar binnen.

Vliegenvangers, leren klompen vol modder, een lachende Marie-Anne op de armen van haar oom. We begroeten elkaar stijf en onhandig. Het felle neonlicht boven de keukentafel en het gekraak van een oude transistorradio weten de overgang van buiten naar binnen resoluut te bewerkstelligen. Gelukkig is de baby een gemakkelijk gespreksonderwerp. Natuurlijk is hij trots en nee, hij had ook niet verwacht al zo snel oom te worden. Ik krijg een glas kir en pinda's. Wat weet ik nog meer over baby's?

Un età piu felice di questa. Hij is mooi, dat moet gezegd. Ik drink zwijgend van mijn kir. Waar zijn mijn sigaretten?

Ik buig me over mijn tas, graai naar het verlossende pakje, diep ook mijn aansteker op en hoor dan, terwijl ik mij net weer op wil richten om de sigaret aan te steken: 'Het spijt me erg van je ouders, ik hoor het net van Babette...'

Hoe komt hij erop?

Maar omdat hij zo rustig naar mij kijkt en niets verwacht, en Verdi nog naklinkt in mijn oren, neem ik het hem niet kwalijk.

Ik steek mijn sigaret aan. Die baby, denk ik, en kijk hem vragend aan.

'Michel rookt ook waar ze bij is. Wil je haar zo de fles geven?'

Ik weet helemaal niet of ik dat wel wil.

We kijken weer een tijdje zwijgend voor ons uit. Nou, dat wordt een leuke avond. Marc rolt bedachtzaam een sigaret. Ik kijk naar zijn handen. Gespierde handen van het land. Ik zou die hand gewoon vast moeten pakken, maar ik houd al een sigaret tussen mijn vingers geklemd. Ik pijnig mijn hersens op zoek naar een ander gespreksonderwerp.

Marc schijnt het zwijgen niet te bemerken. Met een sigaret tussen zijn lippen staat hij op en gooit met soepele bewegingen een paar blokken hout in de kachel. Ik kan het niet laten naar zijn smalle heupen en billen te kijken, die in de zwarte spijkerbroek een angstaanjagende staat van perfectie bereiken. Tegen een gebogen rug in een zwart-rood geruit overhemd zeg ik dan maar op haastige toon: 'Ik zal het je allemaal nog wel eens vertellen.'

Even later geef ik toch Marie-Anne de fles. Onwillekeurig raak ik vertederd door dat kleine wezentje dat zo gretig in mijn armen ligt te drinken. Ze houdt haar mollige handjes stevig tegen de warme fles aan gedrukt, alsof ze wil zeggen: Ik kan hem best alleen vasthouden. Als ze klaar is, legt Marc haar in bed.

'Wil je nog wat wijn, of zullen we even bij Michel gaan kijken?'

Weer de met sterren bezaaide hemel in de roerloze nacht. Ik vertel Marc natuurlijk niet waar Cassiopeia zich bevindt. Ik zie haar wel staan, daar rechts van de Grote Beer, heel scherp en duidelijk, maar ik zeg niets.

In de schuur treffen we Babette en Michel aan, die met vereende krachten een tegenspartelend lam de fles trachten te geven. Haar moeder heeft het zeker te druk met andere dingen, denk ik stiekem. Maar om niet in de afgrond aan misselijkmakende gevoelens te belanden die achter die gedachte schuilgaan, beantwoord ik snel de blik van Marc die ik al vijf minuten in mijn rug voel priemen. Jezus, wat een schoonheid. Babette begint over de lammetjes uit te weiden, maar ik hoor het niet meer. Het liefst was ik naast die schapen het hooi ingedoken.

'Etenstijd,' roept Babette als het lam eindelijk de fles heeft leeggesabbeld. 'De oma van Michel heeft een kip klaargemaakt met knollen, wortels en uien. Dat moet je proeven. Eeuwenoud recept.'

We drinken er een lichtrode landwijn bij en ik voel mij steeds vrolijker worden. Verhalen over de plaatselijke bevolking passeren de revue. Ik vertel over mijn Engelse pianostemmer, en algauw blijkt dat hij geen onbekende in de streek is. Na de kip proeven we Babettes schapenkaas en spoelen deze met flink wat wijn weg. Er knettert iets in de kamer en ik laat het maar rustig knetteren, blij dat er eindelijk weer wat rumoer om mij heen is. Telkens als Marc achter mij langs naar de kachel loopt, denk ik: Gooi mij maar op dat vuur.

'Marc zal tijdens onze vakantie voor de beesten zorgen,' meldt Babette, terwijl ze opstaat om koffie te zetten.

'O, dan lopen we elkaar misschien nog wel eens tegen het lijf.'

'Ik hoop het.'

'Kom eens eten.'

'Graag.'

Babette kijkt mij van achter het fornuis verbaasd aan.

Enigszins opgetogen rij ik naar huis. Ik heb veel te veel wijn gedronken en kan maar ternauwernood de muren van de huizen die pal aan de weg liggen, ontwijken.

De droom van mijn ouders loop ik struikelend binnen, lachend en vloekend op de scheve vloertegels. *Okay George. I can do it better*. Achterover voorwaarts hollend. Ik ga achter de piano zitten en speel een vlekkeloze nocturne. Dan loop ik grinnikend naar de badkamer en laat het bad volstromen.

Must I remind you, Cleis, that sounds of grief are unbecoming in a poet's household?

32

6 april 1972

Ik ben aan het eind van mijn Latijn. Tien bladzijden heb ik vol moeten schrijven over de rol van verzetsvrouwen in Nederland. Ik kan niet meer. Hier en daar staat misschien een zin in mijn eigen taal, een zin die zich niet druk maakt om betooglijn, eruditie of vraagstelling. Ik kan niet goed denken in Latijn en wil eigenlijk maar één ding: er zo snel mogelijk mee ophouden.

Dat is een handicap voor medewerkers der wetenschap. Ik heb het gevoel aan een sprintwedstrijd deel te nemen waarvan de eindstreep nooit in zicht komt. Als ik op zeker moment besluit dat hier dan maar de finish moet zijn, valt mijn lichaam uitgeput van mijn stoel en ligt het krom en vaal van vermoeidheid op de grond.

Achter mijn bureau zit dan alleen nog een geest met wijd opengesperde ogen die 's nachts de slaap niet kan vatten. Een levend lijk dat opstaat, door de kamer schuifelt, de balkondeuren openzet en de lucht heel diep inademt, alsof het dat lichaam terug wil snuiven. Van papier ben ik geworden, al het bloed is uit mij weggelopen. En het ergste is: ik heb het allemaal zelf gewild. Geworden wie je nooit was. Een hard gelag. Hoongelach. Schaterend val ik over de balustrade.

'Zo kan het wel weer.'
'Ben jij er ook nog?'
'Je begint de afstand te vergeten.'
'Hoezo?'
'Het verhaal kruipt je te veel onder de huid.'

'Wat is daar mis mee?'
'Jíj moet het niet zijn.'
'O nee, en wie dan wel?'
'Om iets te weten te komen moet je iets opgeven.'
'Mijzelf?'
'Jij wilt toch vallen?'
'Ik weet het niet meer.'
'*Distanz*! zeg ik je.'
'Jaja.'
'Ontkoppel, dans!'
'Ik kan amper nog lopen.'

Waarom mocht zij niet schrijven wat zij wilde en moest zij zich tot methodes, disciplines, doelstellingen en paradigma's verhouden? Zij had daar geen zinnig woord over te zeggen. Zij kon alleen maar zo coherent mogelijk imiteren wat anderen daarover gezegd hadden. Die anderen hadden blijkbaar niet de verkeerde diploma's in handen gekregen. Zij wel. Bij haar was er een vergissing gemaakt. Het moest wel een tijdelijke verstandsverbijstering van de examencommissie geweest zijn. Nu zat zij er mooi mee opgescheept en moest zij er ook nog haar brood mee verdienen. Van wie eigenlijk?

Haar vader gaf haar het inzicht, haar moeder gaf haar de zin. De eerste stappen op de weg der wetenschap zette zij in de berm langs het fietspad, waar meerdere planten stonden te wachten op de determineersleutel van haar vader. Van de microscoop leerde zij vervolgens dat achter de wereld van de zichtbaarheid nog de wondere wereld van de onzichtbaarheid schuilging. Een blad bestond niet alleen uit nerven en bladgroen, maar ook uit protoplasma, alveolen en mitochondriën. Maar haar vader stopte ineens al zijn inzichten in zijn koffer en vertrok naar het andere eind van de wereld. Daar had de jonge wetenschapster in spe behoorlijk onder te lijden en ook haar moeder werd het verkommerende onderzoek te veel: de dikke lagen schimmel op de broodkorsten en de rottende bladeren in de jampotjes raakten te zeer in tegenspraak met haar idee van een keurig opgeruimde meisjeskamer. En dus gooide haar moeder de schimmels en de bladeren tezamen met de kans op een groter wordend inzicht in de vuilnisbak. Vervolgens wendde haar meisjesblik zich keurig af naar het andere geslacht en sinds die tijd kon zij alles nog maar ternauwernood bijbenen.

Toch behaalde zij zonder problemen al haar diploma's. Er moest wel door iemand een fout zijn gemaakt. Men had ongetwijfeld de vuilnisbakken niet goed op hun inhoud gecontroleerd. Zij zat nu met een schijntje inzicht en een teveel aan zin te worstelen en probeerde daarbij haar hoofd nog fier overeind te houden ook. Vergeefse moeite. Ooit zou de fout alsnog worden gecorrigeerd en zou zij als bedriegster worden ontmaskerd. Zij kon nauwelijks wachten tot het zover was. Om haar val te bespoedigen, liet zij zich steeds minder aan haar studenten zien en probeerde zij thuis, in het geheim, een ander schrijven uit.

Zij bemerkte beetje bij beetje dat je aan dit schrijven nauwelijks actief kon deelnemen. Je werd in feite door dit schrijven buitenspel gezet. Wat er tegelijkertijd op neerkwam dat je pas tijdens het schrijven op het goede spoor werd gezet. Het schrijven maakte dus uit wat er geschreven werd. En niet zij. Dat was voor iemand met veel diploma's niet makkelijk te verkroppen. Die diploma's had zij juist gehaald om zelf te mogen uitmaken wat er gezegd moest worden. Zij was er te laat achter gekomen dat in die ogenschijnlijke beheersing de grootst mogelijke misleiding schuilde. Dat je in plaats van dichterbij te komen steeds verder verwijderd raakte van dat ene moment waarop de wereld met je leek samen te vallen. Zij was in haar voortgangsdrift alleen maar achteropgeraakt. Elke stap voorwaarts bleken er twee terug te zijn en nu moest zij die achterstand weer zien goed te maken. Het viel echter niet mee zoveel stappen terug te zetten om aan te komen waar zij feitelijk zou moeten beginnen.

Als een ware pakezel had zij haar kennis van de ene lezing naar het andere artikel gesjouwd. Niemand had door dat het háár woorden eigenlijk niet waren, maar dat zij ze overal vandaan had meegenomen op haar lange reis door zelfontdekkingswonderland. Souvenirs verzamelen, citaten ophopen, boekenkasten leegroven, doodmoe was zij ervan geworden. Zij hoopte ooit op de top van de berg van kennis aan te komen, waarvandaan zij weer zo licht als een vogel naar beneden zou kunnen vliegen. Het was dus zaak vooral niet te gehecht te raken aan haar bagage. Zij moest voordat zij de top bereikte al haar diploma's verloren hebben. Dan zou ze kunnen vliegen. Verder en verder, totdat zij als een stipje aan de horizon verdwenen zou zijn.

>'En dan?'
>'Dan zou ik misschien weer terugkomen?'
>'O, ja, hoe dan?'
>'Laat me je vertellen van vannacht.'
>'Je doet maar, je dwaalt toch steeds verder af.'
>'Dat moest toch van jou?'
>'Als het moet, moet het.'
>'Het is een manier om alle overtollige ballast kwijt te raken.'
>'Zozo.'
>'Ja, luister.'

Soms droomde zij van twee mannen die zij met haar blik moest vangen. Tergend langzaam werkte de verleiding in haar dromen. Als een Lorelei zat zij geketend op haar rots aan de Rijn te wachten tot de mannen haar richting uit voeren. Zij was afhankelijk van hun koers. Dat stoorde haar nogal en naarstig probeerde zij de rivierstroming met haar zinspelingen te beïnvloeden. Hoewel zij haar huid in honing had gedrenkt en haar ogen magneten waren geworden, kon zij toch niet eigenhandig hun roer omgooien. Aan de oevers van de Rijn gold immers een gouden regel: haar verleiding zou pas werken als de schipper zelf haar richting uit zou varen. Als dat eindelijk gebeurde, en de gezamenlijke reis naar verre streken kon beginnen, werd zij wakker. Te vroeg.

Zij dacht aan haar geliefde die ronddoolde in een stad die ooit van hen samen was geweest. Moest zij zich schuldig voelen over haar dromen? Speelde het ontbreken soms een spelletje met haar? De regels van dat spel had zij niet zelf bedacht. Die bestonden al vele duizenden jaren. Die hadden de bewoners van de Olympus verzonnen. En zij konden er nog steeds om lachen, als zij al die mensen tijdens het spel in de put zagen vallen, of als ze terug naar af moesten en al hun huizen verkopen.

Zij wist het wel en toch jaagde zij voortdurend achter haar eigen ganzen aan en vergat zij keer op keer dat er maar één huis was waarin zij kon wonen. In dat huis werd zij 's morgens klam van verlangen wakker. Zij viel in de put en moest op haar volgende beurt wachten. Zeus dobbelde boven rustig verder en zij moest maar zien of zij de volgende keer weer mee mocht spelen en of haar huis er dan nog zou staan.

    'Tja.'
    'Ik moest toch andere spelletjes van jou gaan leren?'
    'Ik had het echt niet over monopoly of ganzenborden.'
    'Het verhaal dreigt van mij weg te lopen. Dat is ernstig, want daarmee loopt het schrijven ook van mij weg.'
    'Dat weet ik zo net nog niet.'
    'Moet ik wat meer verbeelding toelaten?'
    '...'
    'Sprookjes of filmscripts schrijven?'
    '...'
    'Misschien probeer ik werkelijkheid te maken.'
    'Wát wil je maken?'
    'Werkelijkheid, is dat zo gek?'

'Maar jij moet toch niets van realisme hebben?'
'Nee, realisten gaan ervan uit dat de werkelijkheid om hen heen al bestaat, en beschrijven deze vervolgens zo nauwkeurig mogelijk. Dat betekent zoveel als een goede kopie maken van een slecht origineel.'
'Mmm.'
'Ach, het is niet mijn bedoeling een verhandeling over poëtica te schrijven.'
'Gelukkig niet zeg, stel je voor.'
'Alles wat ik schrijf, is nooit mijn bedoeling geweest.'
'Geloof je het zelf?'
'Schrijven is de ongezondste bezigheid die ik mij voor kan stellen.'
'Jaja, maar zeker wel van levensbelang.'
'Inderdaad, maar dat neemt niet weg dat ik de mensen benijd die zonder te schrijven in leven blijven.'
'De meesten functioneren alleen maar.'
'Musici overleven misschien dankzij de klanken van hun instrument. Schilders blijven wellicht door hun kleuren op de been. Moeders worden door hun kinderen grootgebracht. Maar wat doet die pen van mij? Krassen en nog eens krassen tot er gaten vallen in mijn perkamenten huid.'
'Tja, schrijven doet lijden.'
'Maar is het mijn taal, zijn het mijn woorden?'
'Wat zeur je nou? Hoe dichter je bij jezelf komt, hoe verder je van jezelf af staat. Doe toch niet zo bezitterig.'
'Aha, wat mij eigen is, is mij vreemd. Mooie boel.'
'Maak je niet dik. Het woord dat jou uitmaakt rolt op een onbewaakt ogenblik heus wel over je lippen. Of niet natuurlijk. Maar denk niet dat jij daar de hand in hebt.'
'Waarom niet?'
'Al dat gevraag, bedenk zelf eens iets, of ga eindelijk het spel spelen.'

'Ik heb geen zin meer in spelletjes, dat zei ik je al.'
'Je zou kunnen gaan schaken.'
'Schaken?'
'De schoonheid van dat spel bestaat immers uit het offer.'
'Wie of wat moet ik nu weer offeren?'
'Dat bepaalt de moed van de speler.'

*

Ongedurig leg ik de map op de wasmachine en stap uit bad. Wat maakt ze me nou weer, die dwaze moeder van me? Ik zie haar nog zitten tijdens die lange herfstavonden in Roubert, gebogen over het bord, één hand draaiend in haar haar en in de andere hand een sigaret. Ik deed meestal heel andere dingen met die schaakstukken, dierentuintje spelen bijvoorbeeld. De pionnen waren dan de bezoekers. Of circusje, met het mooie ivoren spel van mijn oma. De koning en de dame als de acrobaten.

Aan schaken zelf heb ik altijd een hekel gehad. Die verwachtingsvolle ogen van Hannah; hoopte ze een of ander wonderkind gebaard te hebben? Toegegeven, toen bleek dat ik niet echt een groot talent was, liet ze me ook weer gaan. Met mijn oma wilde ik wel schaken, dan kon ik beter tegen mijn verlies. Maar tegenover mijn moeder aan dat bord moeten zitten, en de spanning voelen stijgen en ook nog haar goedkeurende commentaar moeten aanhoren...

Waarom nu ineens dat schaakspel in haar verhaal? Ik ga in bed liggen en blader in de zwarte map. Ik ben al bijna aan het eind. Eigenlijk wil ik het aan één stuk door uitlezen, maar ik ben bang voor het moment dat er niets meer te lezen over zal zijn. Ik ga op mijn rug liggen, trek de dekens hoog op en zie de grillige vormen op de houten balken van het plafond. Ik doe het licht uit en waan me voor even in het donkere, vooroorlogse hoekhuis aan de rand van de hei.

33

Alles was anders in het huis van mijn oma. De keuken was hoog en groot en vierkant, en had een granieten aanrecht met glazen keukenkastjes erboven, waarin de lichtblauwe emaillen pannen van klein naar groot stonden uitgestald. Verder was er niets. Geen moderne witte keukenapparaten, geen wasmachine, geen koffiezetapparaat. Er stonden alleen een oude houten tafel met een wit plastic kleed erop en enkele harde houten keukenstoelen eromheen. Het was een sfeerloze keuken. Kraak noch smaak.

Maar wel de geur van moesappelen en stoofpeertjes. Ook als we die 's middags tot mijn spijt niet voorgeschoteld kregen. Het was niet alleen vanwege die geur dat ik de oude, kale keuken van mijn oma toch prachtig vond. Het was misschien juist door het ontbreken van elke sfeer dat de keuken iets onvergankelijks had gekregen. Alsof de tijd aan deze ruimte was voorbijgegaan, of liever, alsof mijn oma er de tijd met een toverstokje had stilgezet. Dit in tegenstelling tot de zich in ongeduldige haast opvolgende interieurveranderingen van de keuken bij ons thuis. Eerst glanzend wit, vervolgens donkerbruin met oranje, dan weer zakelijk grijs. De kalme, tijdloze rust van mijn oma's keuken hing ook in de andere kamers van haar huis, op de lange gangen, en in het naar mos en schimmel ruikende stenen schuurtje in de tuin.

Daar in die grote tuin had ik onder de oude, zwaar overhangende bomen en de kolossale rododendronstruiken allerlei schuilplaatsen ontdekt vanwaar ik op een bed van verdroogde dennennaalden door de takken heen de merels en de roodborstjes in de tuin bespiedde of de bewegingen van mijn oma achter het raam van de keuken volgde. Terwijl ik de geuren van natte aarde en vermolmd hout opsnoof, zag ik tussen de takken door haar ronde, grijze gestalte met trage, verzonken bewegingen van het aanrecht naar de tafel lopen. Zij leek door niets te worden opgejaagd. Haar hoofd knikte licht als zij achter de tafel ging zitten om langzaam één voor één de aardappels uit de rieten mand te pakken. Ik wist van de oude krant onder in de mand. Ik kende de aarde die aan de zijkanten kleefde. Ik had de aardappels er zelf zo vaak voor haar uit gehaald. Vanuit mijn veilige onderkomen keek ik naar de mij bekende wereld. Erbij zijn, en toch ook niet.

In het huis van mijn oma dwaalde ik doelloos over de donker gebeitste trappen en gangen. Waar ik mij ook bevond, elk kwartier hoorde ik de zware klok in de hal slaan. Luid galmende klanken, gevolgd door de doffe slagen van het uur. Zonder die klok was het huis van mijn oma niet denkbaar. Op het ritme van de slagen liep ik de brede, krakende trap op naar boven. De koperen trapleuning, de perzen op de tafeltjes, de grote schemerlampen, de oude foto's aan de muur, alles was even mooi. De grootste schatkamer was, uiteraard, de zolder, waar alle geuren en beelden van de rest van het huis samengebald werden. Met stokkende adem boven aan de trap blijven staan, totdat de nieuwsgierigheid het van de angst won en ik in de oude dozen en koffers begon te snuffelen, op de rotan schommelstoel klom, het stof van de fotoalbums blies en dan ineens een meisje met twee lange, blonde vlechten op een vergeeld fotootje met kartelrandjes zag staan. Verlegen lachend: mijn moeder!

Die zolderkamer was een paradijs. De afgedankte meubels, de kleden waarmee je wigwams kon maken, de hoge stapels oude tijdschriften, de koffers vol schoenen en kleren – alles was bedekt met een waas van spanning en geheimzinnigheid. Een andere tijd binnengaan. Deze tijd achter mij laten. Ik trok de rare, puntige lakschoenen met fluwelen vlinders erop aan, zette een halfvergane zonnehoed op en paste de zachte, bruine autohandschoenen van mijn opa, die hij blijkbaar in de haast vergeten was mee naar Canada te nemen.

De hutkoffer met de nog complete, vooroorlogse babyuitzet bewaarde ik altijd voor het laatst. Bovenop lagen de zilveren rammelaars, bordjes en bekertjes, die ik voorzichtig opzij legde. Dan de lange witte doopjurken waar mijn pop Katja helemaal in verdween. Daaronder de lichtblauwe wollen mutsjes met witte linten en bijpassende wintervestjes die ik probeerde aan te trekken, wat nooit lukte, zodat ik mezelf verweet al zo belachelijk groot te zijn geworden.

Ik kies een roomwit gehaakt vestje uit met bruine houten knoopjes. De zachte stof kriebelt tegen mijn neus en mijn wangen als ik snuffelend op zoek ga naar verdampte babygeuren. Ik meen iets te ontdekken. Dan houd ik het vestje met uitgestrekte armen voor mij. Er is geen twijfel mogelijk. Dit is een heel mooi vestje.

Ik probeer mijn linkerhand zo klein mogelijk te maken, zodat ik hem door de veel te nauwe mouw van het babyvestje kan steken. Met veel moeite wurm ik mijn arm erdoorheen maar blijf aan het uiteinde steken. Met mijn rechterhand trek ik zo hard als ik kan aan de wollen stof van de mouw, totdat die eindelijk meegeeft. Er verschijnen rode striemen op mijn hand. De stof snijdt in mijn huid. Ik wrijf even over mijn pijnlijk gezwollen pols. Het vestje bungelt er als een rare vlag omheen. Ik ben te groot. Het is geen gezicht.

Ik begin weer aan het vestje te trekken, nu de andere kant op, maar het lukt mij niet het ervan af te krijgen. Ik trek en trek tot er iets begint te scheuren.

'Als je het allemaal maar weer netjes opruimt!' is het enige commentaar van mijn oma, die mij juist die middag naar boven is gevolgd en mij te midden van een met babykleren bezaaide zolder heeft aangetroffen. Ik verberg het vestje achter mijn rug en knik. Waarom komt ze altijd op het verkeerde moment binnenvallen? Maar mijn oma gaat alweer. Ze speelt nooit samen met mij, laat mij mijn gang gaan en gaat zelf de hare. Dat is wel zo prettig.

Tijdens een van die logeerpartijen – het moet een herfstvakantie geweest zijn vanwege het licht – was ik naar boven gelopen om mijn pop uit mijn kamer te halen. Een, twee, drie, vier, vijf slagen van de klok. Nog een uur voor het eten. Op de donkere overloop zag ik dat de deur van mijn oma's slaapkamer op een kier stond. Voorzichtig duwde ik hem met mijn voet iets verder open, en keek de schemerige slaapkamer binnen. Die werd bijna volledig in beslag genomen door een grote eikenhouten kast met twee langwerpige spiegels op de deuren, een zwaar, hoog bed en een kaptafel. Goud-grijs namiddaglicht viel door de vitrage gedempt naar binnen. Van beneden hoorde ik het geruststellende gerinkel van pannen en messen. Ik overwon een laatste aarzeling en stapte mijn oma's slaapkamer in.

Hier was ik nog nooit geweest. In tegenstelling tot de slaapkamer van mijn ouders was de kamer van mijn oma altijd verboden terrein gebleven. Ik liep eerst naar de toilettafel, waarop maar enkele spullen – een borstel en een kam met hetzelfde, zilveren handvat, een spiegel en een glazen pot met watten – gerangschikt stonden. Wat een verschil met de met potjes, lippenstiften en oogpotloden bezaaide kaptafel van mijn moeder! Ik pakte de borstel op en bekeek aandachtig de met bloemen geborduurde bovenkant die door een ovaal stuk glas beschermd werd, en de zachte, korte haren van de borstel aan de andere kant. Ik verwijderde het elastiekje uit mijn korte paardenstaart en begon mijn haren te kammen. De borstel was zo zacht dat hij op mijn haren bleef liggen en maar niet tot mijn hoofdhuid doordrong. Ik dacht aan de scherpe punten van de metalen borstel thuis, die elke morgen zonder pardon de klitten uit mijn haar trok, en herinnerde mij toen weer de papillotten van het jaar daarvoor.

Schurende pijn op mijn hoofd bij het wakker worden. Mijn moeder, die papillotten in mijn haar heeft gedraaid in verband met de te maken schoolfoto, ligt nog te slapen. Ik klim uit mijn bed en voel met beide handen aan mijn hoofd. Dikke pakjes van stof en haren. Ik probeer de papillotten eruit te trekken, maar ze zitten muurvast in mijn haar. Ik wil de uiteinden van de lapjes stof vinden, de knoop eruit halen, maar voel alleen maar klitten die niet te ontwarren zijn. Toch moet ik ze eruit zien te krijgen, ik kan toch niet met die rare dingen op mijn hoofd op de foto? Ik trek en trek, tot tranen toe, maar bij elke beweging die ik maak gaan de papillotten nog vaster zitten. Nu word ik ongeduldig. Ik moet mijn haar toch nog kammen, mijn nieuwe jurk aantrekken, mijn schoenen nog poetsen. Waarom willen die krengen er niet uit?

Pop Katja kijkt mij met glazige ogen aan. Haar blonde nylon haren vallen golvend op haar schouders. Ik gooi haar op de grond en trap met mijn rechtervoet op haar blote rug. Aan jou heb ik ook niets. Ik begin te huilen. Waarom slapen ze nu nog? Ik moet toch al bijna naar school? Ik loop naar de keuken en blijf voor het aanrecht staan. Ik voel nogmaals aan mijn hoofd, open de keukenla en zie de grote ijzeren schaar liggen. Zonder na te denken pak ik de schaar en ga ermee voor de vuilnisbak staan. Eén voor één knip ik de papillotten uit mijn haar en gooi ze op het stinkende hoopje koffiedik en mandarijnenschillen. Met elke weggeknipte papillot wordt de pijn minder.

Als ik alle proppen heb weggeknipt, woel ik met mijn handen door mijn bevrijde haar. De pijn is weg, maar ik ben verbaasd dat ik alleen maar van die rare korte plukjes voel. Waar zijn mijn lange, blonde haren gebleven? Ik loop snel naar de badkamer, klim op het houten krukje en kijk in de spiegel. Ik schrik me dood. Iemand anders kijkt mij met grote, holle ogen aan. Iemand die ik niet ken. Een vogelverschrikker in een meisjespyjama. Hoe kan dat nu? Dat ben ik toch niet? Terug naar de keuken. Wat eraf kan, kan er ook weer aan.

Maar de haren hebben het niet meer op me, willen niet meer bij me horen. Ontgoocheld stop ik ze weer in de vuilnisbak. Op de schoolfoto zit een verlegen lachend meisje met een ragebol de lange blonde haren van haar pop te kammen.

Achter mijn hoofd bewogen de grijze gordijnen van mijn oma's slaapkamer zachtjes heen en weer. Ik keek in de spiegel en zag mezelf: een meisje met weer iets langer blond haar, een zilveren kettinkje met bedeltjes op een rode trui en twee ernstige blauwe ogen. Ik bestudeerde mezelf aandachtig, deed het elastiekje weer in mijn haar en speelde even met het kettinkje om mijn hals. Omdat het om mij heen steeds duisterder werd, kon ik alleen nog mezelf duidelijk in de spiegel zien. De rest van de kamer verdween langzamerhand uit zicht.

Ik keek naar mijn spiegelbeeld en zag voor het eerst hoe scherp de contouren van mijn gezicht eigenlijk waren. Ik leek wel een van die getekende poppetjes die je dankzij de geperforeerde lijnen zo uit het papier kon drukken. De lijnen van mijn hoofd, van mijn nek, van mijn armen waren zo dik aangezet dat zij mij als het ware van de wereld losrukten en als een raar, afzijdig ding in de spiegel lieten zweven.

'Moet ik dat zijn?'

Ik mocht hier ook helemaal niet zijn! Ik wilde dat helemaal niet zijn. Voor straf werd ik opgezadeld met een onbenoembare, zeurende schuld. Wat had mijn oma eigenlijk nog met mij te maken? Ik wreef met mijn duim over de scherpe punt van het marmeren blad van de kaptafel en ik voelde een nieuw inzicht opdoemen: ik kon mijn schuld afkopen. Ik kon het ongedaan maken. Ik duwde de punt van het bed in de palm van mijn hand, drukte en drukte, trok mijn hand weg en boog al vastbesloten mijn hoofd naar voren...

'Det, Det! Kom je eten?'

Ik schrok van dat plotselinge roepen, aarzelde nog – was het wel mijn naam die geroepen werd? – maar stond uiteindelijk toch op, met trage, loodzware benen en honderd stenen in mijn buik. Bij elke trede schoot er eentje los, waardoor er een lawine aan het rollen werd gebracht die niet meer te stuiten was.

'Maar meisje, meisje nu toch, wat is er aan de hand?'

En terwijl ik mij in mijn oma's armen wierp en de geruststellende geuren van moesappelen, kaneel en kölnisch Wasser opsnoof, zei ik met hese stem: 'Ik kan mijn pop nergens meer vinden.'

En zo was het. Ik was al mijn speelgoed, boeken en poppen in één klap kwijtgeraakt. Ze lagen er nog wel, maar wachtten niet meer op mij. Ze deden hooguit een beetje alsof: ze speelden alleen nog maar dat zij pop, trein of postkantoor waren. En ik was opgehouden moeder, conducteur of loketbeambte te zijn. Ik heb mij sindsdien tot het uiterste moeten inspannen om nog ergens toegang toe te krijgen. Meestal mislukte dat en restte mij niets anders dan me te nestelen in het melancholische gevoel van verbanning dat al dat wegkijkende speelgoed in me had losgemaakt.

Sinds het herfstbezoek aan mijn oma's slaapkamer word ik door een dwingend verlangen naar afzondering achtervolgd. Nooit in de groep gaan zitten maar altijd aan de rand ervan plaatsnemen. Nooit bij de verjaardagsvisite blijven maar op de drempel tussen binnen en buiten de druilerige tuin in staren. Tijdens een wandeling nooit naast de anderen gaan lopen maar helemaal voor- of achteraan. Altijd weer onder die struik in mijn oma's tuin willen kruipen.

34

8 april 1972

'Het eerste strategische beginsel dat algemeen wordt toegepast, bestaat hierin dat men tracht het centrum te beheersen.' Ze heeft het goed begrepen en heeft er van alles aan gedaan. Ze heeft alle lijnen goed gevolgd, alles goed ontwikkeld en een sterke verdediging opgebouwd. Ze heeft alle adviezen aangehoord en is zelfstandig en onafhankelijk geworden. Ze overweegt zelfs haar artikelen in een brandkast op te bergen, zodat niemand ooit zal twijfelen aan haar veroverde positie. Haar toekomst ligt open. 'De reden waarom men naar de beheersing van het centrum streeft, is dat de stukken daar de grootst mogelijke beweeglijkheid hebben en van daaruit naar alle zijden van het bord gedirigeerd kunnen worden.'

Zij is een dame die alle kanten op kan. In alle mogelijke richtingen kan zij een aanval voorbereiden. Ze kijkt naar links en rechts, naar voren en naar achteren, maar ziet nergens de beloofde bewegingsvrijheid opduiken. Vanuit het centrum tast zij alle mogelijkheden af. Ze probeert langs haar lopers en paarden te schuiven, maar deze beletten haar de doorgang. Ze doet een poging achter haar pionnen vandaan te komen, maar zit muurvast achter haar strak georganiseerde verdediging. Van alle kanten wordt zij door haar afwachtende stukken belaagd. 'Doe wat!' roepen ze in koor.

Zij twijfelt, want weet niet wat de stukken nog meer van haar verlangen. Vanuit de hoogte begint zij haar artikelen naar beneden te gooien om hen gerust te stellen. Hiermee wint zij enige tijd om na te denken. Het enige wat haar te binnen schiet, is dat ze de verdediging van haar centrumpositie nog sterker moet maken. 'Indien zulk een beheersing van het centrum kan worden verwezenlijkt, zal er meestal een winnende partij uit voortvloeien.' Zij gooit al haar publicaties naar beneden en roept: 'En dat alles voor mijn dertigste jaar!'

Maar overal ziet zij slechts duimen die omlaag steken. 'Een offer,' wordt er geroepen. 'Wij willen een offer!' Ze begrijpt het niet. Wat willen ze nu weer van haar? 'Het offer wekt bewondering en respect, zelfs als wij met de gedachte achter het offer niet in kunnen stemmen.' Zij kijkt vertwijfeld naar de stukken die voor haar op het bord staan. Welk stuk moet ze dan offeren? Zij kan uit de vele stukken geen keuze maken, omdat ze allemaal evenveel hebben bijgedragen aan haar sterke positie en met evenveel pijn en moeite naar voren zijn geschoven. Het is onmogelijk van één afzonderlijk stuk afstand te doen. 'De kunst van het offer kan niet worden aangeleerd, want deze is in sterke mate afhankelijk van de persoonlijke kwaliteiten van de speler.'

Ze kijkt beurtelings naar haar paard op e3 en haar loper op g4. Ook van haar pionnen op g5 en d5 wordt ze nauwelijks wijzer. Dan richt ze haar aandacht op haar zwarte dame op f6. 'Wat het offer betreft, volgt elke meester zijn eigen, unieke weg.' Maar ze kan haar eigen dame toch niet laten slaan? Dan zal ze alles verliezen. 'En toch kunnen we de krachtige en bijna heilige verleiding van het offer niet weerstaan, want het enthousiasme voor het offer ligt in de natuur van de mens.' Ze reikt naar haar dame, tilt haar voorzichtig van het bord, laat haar een tijdje vrij in de ruimte zweven en zet haar dan aan de andere kant van het bord neer, op b2.

Nu begint het echt rumoerig te worden. Haar stukken roepen en gillen en springen heen en weer van spanning, terwijl haar zwarte dame daar maar roerloos aan de rand van het bord blijft staan, in vijandig domein, waar zij alleen nog wit om haar heen ziet. Doodstil staat zij daar te wachten totdat iemand toenadering zoekt.

'Zo gaat het goed.'
'O.'
'Zie je hoe leerzaam het schaakspel is?'
'Jij hebt je nooit veel aan het centrum gelegen laten liggen.'
'Hij ook niet, trouwens.'
'Nee, niet openlijk of langs lijnen van geleidelijkheid. Hij zal misschien ooit vanuit de marges in het centrum neerdalen, zegevieren en dan sterven.'
'Dat heilige vertrouwen...'
'Alleen ik kies altijd voor de middenweg.'
'Jouw geluk, jouw noodlot.'
'Jij kan de verleiding van de zijwegen nooit weerstaan. Ik protesteer en som alle mogelijke nadelen op die er maar te verzinnen zijn: modder, omweg, doornstruiken, slecht weer op komst, blaren en wie weet wat nog meer.'
'Maar je laat je soms toch meesleuren.'
'Meestal verdwalen we of komen we hopeloos vast te zitten.'
'Ik begrijp niet waarom je zo zit te zeuren.'
'Voor jou is alles altijd zo helder!'
'Jij hebt er zelf voor gekozen je middenweg te verlaten.'
'Ik kan alleen met geen mogelijkheid zeggen of het een schitterend uitzicht of een dichtgegroeid kreupelbos zal opleveren.'
'Dat hoeft ook niet.'
'Waarom moet ik het allemaal alleen doen? Waarom zit hij in Parijs, terwijl zijn hulp hier nu van het allergrootste belang is?'
'Misschien voelt hij die noodzaak niet zoals jij.'
'Waarom spoor jij mij eigenlijk tot de onmogelijkste zaken aan?'
'Ik zeg alleen dat je een nieuwe speler uit moet kiezen.'

'Het liefst wil je dat ik verlies.'
'Een derde zou uitkomst kunnen bieden.'
'Wat wil je nu eigenlijk precies dat ik doe?'
'Ik geef geen adviezen.'
'Daar was je anders al mee begonnen.'
'Dan houd ik ermee op. Je moet het zelf maar uitzoeken.'
'Ik begrijp het niet.'
'Denk na.'
'Waarom een derde?'
'Denk aan het spel.'
'Ik weet niet of ik daar wel zin in heb.'
'Denk aan je dame.'
'Het is veel te gevaarlijk.'
'Dat zal ik niet ontkennen.'
'Ik vind je pervers.'
'?'
'Een dame kan zich toch niet zomaar door de eerste de beste laten slaan?'

Terwijl zij het zei, was ze al op zoek naar een schaker. Vond zij hem omdat ze naar hem op zoek ging, of ging zij naar hem op zoek omdat zij hem vond? In ieder geval zat hij daar nu, tegenover haar aan een tafeltje in een restaurant. Lange, zwarte krullen en trouwe grijsblauwe ogen. Het eten was nog onaangeroerd, maar het spel was reeds begonnen. Toen ze eenmaal aan het eten was, dacht ze voortdurend aan haar dame, die aan de andere kant van het bord verzeild was geraakt. Als de schaker lachte, ging het nog wel, maar als hij streng en serieus keek, kromp zij van schrik ineen. Dus probeerde zij zo grappig mogelijk te zijn. Zij probeerde zich zelfs moppen te herinneren, opdat hij maar zou lachen. Als de schaker niet lachte, kon zij het spel niet spelen. De wijn begeleidde rijkelijk de vele zetten en verzachtte haar ontreddering toen zij ineens moest toezien hoe haar dame daadwerkelijk van het bord geslagen werd. Dat was toch even schrikken. Dat hij haar er zo snel onder zou krijgen, had zij niet verwacht. Gelukkig werd er nu veel gelachen en heel verleidelijk langs elkaar heen gekeken. Ook de benen onder het tafeltje kwamen steeds vaker met elkaar in de knoop en zij begon al naar huis te verlangen, of liever gezegd, naar bed, naar vallen, naar volledige verdwijning.

Het was Witte Donderdag en de ontzetting was begonnen. Zij bereidde zich voor op de afdaling. 'U zult allen aanstoot aan mij nemen, want ik zal de herder slaan en de schapen zullen verstrooid raken.' Haar schaapjes waren al lang niet meer op het droge; één voor één had zij hen in het ijskoude water gegooid. In de onderste gewelven van de Stad van Dis lagen zij die bedrog hadden gepleegd aan wat hun het dierbaarst was, vastgevroren in ijs. Zij was bezig deze straf te tarten, omdat zij haar dierbaarste wilde behouden. Zij wilde van het bord geslagen worden om weer te kunnen zwerven en hem opnieuw te ontmoeten.

Dat was alleen niet zo eenvoudig. De kans was groot verloren te gaan in het woud van opeengedrongen zielen. Aan de zoom van het rijk van de duisternis wachtten zij voor eeuwig op de verlossing.

*

Zou ze hartstikke bezopen zijn geweest toen ze dit schreef? Mijn rechterarm begint te slapen en ik ga op mijn andere zij liggen. Het wordt steeds doller. Mijn god, wat is hier aan de hand? Ben ik in een elitaire soap verzeild geraakt of wordt hier een seksuele relatietherapie beschreven?

Ik moet onwillekeurig lachen en zie de scène voor me. Hannah met een vreemde vent in een restaurant die haar van het bord moet slaan, zodat zij zich weer met Thomas kan verzoenen. Sommige mensen verzinnen de gekste dingen. Maar waarom daar zo moeilijk over doen? Waarom schrijft ze niet gewoon hoe lekker ze het vond? Dan begrijpen wij er tenminste ook nog iets van.

Dus ze was er al voor mijn geboorte mee begonnen, met die minnaars. En ik krijg daar nu, gratis en voor niets, de theoretische onderbouwing van voorgeschoteld. Bij wijze van verdediging of omdat ze mij alsnog iets duidelijk wil maken?

*

Zij wist dat haar reis een inferno zou zijn, omdat zij via een schaker aan het pokeren was met haar geliefde. Iets wat die schaker natuurlijk niet in de gaten had, want de wereld van schakers is doorgaans niet groter dan de vierenzestig velden van het bord. Schakers hebben de neiging om plannetjes te beramen, om wegen uit te stippelen. Om stukken te behouden of in te zetten voor een betere positie.

Daarvan kon voor haar geen sprake zijn. Een gevaarlijke verhouding had toekomst noch verleden. Het gevaar school in het heden.

Zij herinnerde zich de belofte van het begin, die zij haar geliefde cadeau had gedaan. Het was de belofte van de hoop. Een belofte die naar de toekomst wees, omdat zij nog niet sprak, daar zij zelf een toekomstige taal was, die altijd voor zichzelf uitging.

Het was niet gemakkelijk een dergelijke belofte vol te houden. Het was nog moeilijker een dergelijke belofte te breken. Het begin mocht niet verloren gaan, want daarmee zou alles verloren zijn. Daarom moest het elk jaar weer Pasen worden, want de toekomst was zeldzaam en elke dag die kwam, was nog geen dag die begon.

*

Jawel, mama, mooie woorden, mama, heel interessant, mama, en ook goed onderbouwd, met Dante en zo, maar verlost word je slechts éénmaal, mama. Er moet ook nog plaats zijn voor het lot, nietwaar, en de tragiek, mama, voor de uitholling van een verhouding. Denk maar niet dat een minnaar het antwoord is op al uw relatieproblemen, mama. Zeker niet voor het kind van de minnares, mama, want heeft een kind van wie de moeder vreemdgaat nog wel een mama, mama, of leert de moeder die vreemdgaat het kind een wijze les over afkomst en bestemming, liefde en offergave, mama? Nou, zeg eens, mama?

Uitgeput val ik in slaap.

35

Sommige dagen spelen verstoppertje met me. Ik loop, eet, drink, kijk, maar de dag blijft zich maar verborgen houden. Vandaag is zo'n dag. Bij het wakker worden meende ik hem toch echt gezien te hebben en ik maakte onmiddellijk de mooiste plannen: pianospelen, brieven schrijven en nog veel meer. Maar dat beviel de dag blijkbaar niet, want in een mum van tijd was hij verdwenen, mij achterlatend met een hoeveelheid uren die ik alleen maar kon vergooien met uitgebreid ontbijten, douchen, door het huis slenteren, in boeken bladeren, op de bank hangen. Het is kortom een dag geworden die al voorbij is voordat hij goed en wel is begonnen. Dat zal je niet bevallen, Hannah, en toch is het zo. Tot overmaat van ramp staat die maffe George hier over een halfuur op de stoep voor mijn eerste Zuid-Franse pianoles.

Verveeld speel ik nog wat toonladders, maar na vijf minuten worden mijn handen al geteisterd door een onverklaarbare vermoeidheid. Ik loop naar de tafel, steek een sigaret op, en vervloek de dag dat ik deze afspraak maakte. Wat een krankzinnig idee om nu ineens pianoles te gaan nemen. Probeer ik soms nog steeds mijn moeder te plezieren?

Terwijl mijn rechterhand buitenspel staat vanwege de sigaret, sla ik met mijn linkerhand nog enkele akkoorden. De piano protesteert, wenst niet terloops bespeeld te worden. Waarom zou ik nog doorgaan? Dit wordt toch nooit wat. 'Moet je niet pianospelen?' Ik begin harder op de piano te slaan. 'Je hebt morgen toch les?' Ik druk de sigaret uit en voel de tergende spanning weer opkomen tussen onlust en geweten, weerzin en betovering. Zo is het altijd gegaan. Geen zin hebben in welke muzikale verplichting dan ook, maar het spelen niet kunnen laten. 'Je moet er wel iets voor overhebben.' Ik geef een laatste riedel op het klavier en sta op om thee te zetten.

Mijn pianoleraar is laat. Hij zal toch niet weer verkeerd zijn gereden? Misschien is hij de afspraak vergeten, of is hij ziek geworden, of... Maar op het moment dat ik de keuken inloop, zie ik door het raam de lachende neger op de witte wagen voorbijschuiven. Ik zet het water op het vuur en loop naar buiten.

'Een prachtige dag, is het niet?'

George loopt met uitgestoken handen op mij af.

'Ik zou bijna zeggen, zelfs te mooi om binnen muziek te maken. De muziek is buiten vandaag, nietwaar, hoor de vogels kwetteren en schreeuwen, zonde om al die oorspronkelijke klanken te overstemmen met onze onhandige pogingen het sublieme van de natuur te imiteren.'

Ik schud zijn hand en knik instemmend bij al die woorden die zo licht als waterdruppels van zijn lippen lijken te rollen. Niet te hoeven spelen, dat is altijd het enige wat ik denk op het moment dat ik moet gaan spelen.

'Zullen we dan eerst maar buiten een kop thee drinken?'

George laat zich vergenoegd in de chaise longue vallen.

'O ja, ik wil best nog even van deze tuin genieten. In Gaillac woon ik in een oud klooster midden in de stad, zonder binnenplaats of tuin, vlak tegenover de immense abdij van St.-Michel aan de Tarn, weet u wel, die rode stenen? Water, wijn en stenen, *voilà* Gaillac. Die monniken waren veel te druk met het bottelen van hun rode wijn en met hun veldslagen tegen de Katharen om bloemen te kweken of de heggen van een kloostertuin te knippen. Wat zijn die lui daar tekeergegaan tegen alles wat maar een beetje afweek van de katholieke dogmatiek. Het lichaam van Rome moest blank en glad zijn en heersen tot in de diepste uithoeken van Europa. Elk occult geluid werd in de kiem gesmoord, elk niet-katholiek ritueel was voldoende om de doodstraf te krijgen. Elke uiting van een mystieke natuurgodsdienst die de reine leer dreigde te bezoedelen moest worden uitgebannen. En zo verkleurde het water van de Tarn, niet alleen door de wijn die vanaf de abdij naar alle mogelijke uithoeken van Frankrijk werd getransporteerd.'

Het rood spat op tussen het grijs van zijn haren, zijn snor. Gaillac past wel bij hem. Een beetje grillig, een tikje tegendraads. Elk woord dat hij spreekt wordt door een beweging van zijn lichaam geaccentueerd: een wuivende hand, een schoppende voet. Als die stoel het maar houdt.

'Katholieken, protestanten, moslims, het is allemaal één pot nat. Zodra religie een geloof wordt, gaat het mis. Het geloof dooft eerst de twijfel, stopt dan het zoeken en maakt vervolgens van vragende kinderen verbeten volgelingen.'

Hij kijkt nieuwsgierig om zich heen, alsof hij nog een overblijfsel zoekt van de godsdienstoorlogen die zich ook in deze buurt hebben afgespeeld.

'Mmm... merkwaardig. Ik meen deze tuin ergens van te kennen. Vooral die afgebrande schuur daar... Ach nee, het zal wel niet. Schijn bedriegt. Als je naar die massa's veldbloemen kijkt, die oude ontbottende eiken, dat jonge gras; de natuur overwoekert alles, doet elke herinnering teniet, geen spoor ziet zij over het hoofd, en zij voelt zich daar niet eens schuldig over!'

'Ik weet niet of het landschap zich niet schuldig kan voelen. Mijn ouders hadden thuis een schilderij hangen dat precies die schuld uit wilde drukken. De schilder slaagde daar wonderwel in, zonder ook maar één expliciet oorlogsbeeld te gebruiken; je voelde voortdurend het grote onheil van de plek.'

George werpt mij een vragende blik toe. Moet ik mijn mond soms houden? Waarom staart hij mij zo aan?

'Ik bedoel, het landschap dat wij zien is toch altijd het landschap dat wij inkleuren met onze verhalen en herinneringen?'

'Een wel heel antropocentrische benadering, als u het mij vraagt,' mompelt hij in zijn snor. 'Het landschap is er slechts dankzij onze blik, bedoelt u, nietwaar, of liever, het landschap is er louter en alleen op de manier zoals wij het waarnemen, interessant ja, maar ik schenk mijzelf graag weg aan dat landschap in de hoop dat het mij nog eens iets anders kan vertellen. Wat mij intrigeert is – en u moet het mij maar niet kwalijk nemen –: welke schuld ziet u eigenlijk in deze tuin?'

'Het theewater,' zeg ik en spring op.

Hij ziet er niet uit, die beweeglijke Engelsman, maar zijn stortvloed van woorden en vooral die verschillende kleuren rood in zijn haar, in zijn snor, op zijn neus en zijn armen hebben mijn dodelijke vermoeidheid opgelost als sneeuw voor de zon. Ik loop naar de keuken om nog iets van het kokende water te redden, zet de glazen, de koekjes en mijn sigaretten op het dienblad en loop snel naar buiten. Van verre begint George alweer tegen mij te praten.

'U hebt natuurlijk gelijk, ik bedoel, ik zat er nog wat over na te denken, maar je zou kunnen zeggen dat het met de muziek net zo gesteld is. We lezen de noten, oefenen de klanken, weten het stuk op een gegeven moment naar behoren te spelen, we doen in feite niets anders dan er goed naar kijken, maar dan begint het pas. Het inkleuren, zoals u zei.'

'U bedoelt, pianospelen is hetzelfde als naar de tuin kijken?' vraag ik een beetje plagerig terwijl ik de thee inschenk.

Well, not exactly, maar onze blik is misschien minder onschuldig dan wij denken. Ik heb ooit bij de arts Groddeck gelezen dat wij veel meer zien dan wij denken, maar dat er een soort censuur bij ons kijken optreedt, dat wij de beelden als het ware selecteren. Pianospelen, ach dat is toch ook een kwestie van selecteren, nietwaar, welke noten geef je nadruk, welke laat je zingen, welke laat je weg?'

'Mijn moeder vertelde me ooit...'

'Uw moeder? Woont die ook hier?' Hij kijkt me peinzend aan.

'Nee... niet meer, maar zij vertelde me ooit een verhaal over een vrouw die weigerde haar bril op te zetten, omdat ze de door haar oogafwijking vervormde beelden beter kon verdragen dan de glasheldere beelden die haar bril haar voorschotelde. Zo maakte zij haar eigen schimmige wereld, waarin zij noodgedwongen tastend en vallend rondging, maar die haar tegelijkertijd de kans bood om wat haar dierbaar was, te koesteren.'

'Interessant. Heel interessant. Ik heb zelf ook geen bril, hoewel dit mij vaak is aangeraden, maar een pianist moet in feite blind zijn. Het pianospelen begint immers pas als je de noten kent en geen bril meer nodig hebt om te lezen. Het is allemaal een kwestie van accenten aanbrengen, in het ritme, in de kleur, in de zeggingskracht van de klanken, ach, alles bekend, nietwaar... Daar bestaan geen aanwijzingen voor, hoewel sommige moderne componisten helaas menen de speler ook deze vrijheid te moeten ontnemen. Het enige wat een musicus nodig heeft, zijn de kale noten op het papier. Die leest hij met aandacht, om ze vervolgens zo gauw mogelijk weer te vergeten.'

'Speelt u al lang?'

'Dat zijn vragen die ik eigenlijk aan u zou moeten stellen.'

Het plotselinge heen en weer schoppen met zijn rechtervoet is mij niet ontgaan. Hij zwijgt een tijdje, drinkt van zijn thee, slaat weer eens onrustig zijn benen over elkaar.

'Het is niet erg om te wachten, om stil te houden, om voor enige tijd te zwijgen. De stiltes zijn misschien wel de belangrijkste momenten in de muziek.'

'Dan zitten we hier buiten dus goed,' zeg ik lachend.

'Het is wel zaak om dit zwijgen de ruimte te geven en niet te laten overstemmen door het rumoer van de schijnbewegingen die het alledaagse maakt. Het gaat erom de stilte werkelijk leeg te laten.'

Het lijkt wel of ik Hannah hoor praten en het kost mij moeite een kriebel van ergernis in mijn stem te onderdrukken.

'Die leegte is mij de laatste tijd anders nogal naar de keel gevlogen. Ik krijg eerlijk gezegd weer zin in wat kabaal.'

George begint te lachen en staat dan net iets te vlug op uit de lage ligstoel, waardoor hij bijna zijn evenwicht verliest, een fractie van een seconde van het ene op het andere been wankelt, maar dan de balans hervindt, zijn handen tegen elkaar klapt en monter zegt: 'Welaan, dan is het tijd om weer eens wat muziek te gaan maken. Wat dacht u? Zullen we maar?'

Ik volg hem onwillig en nerveus naar binnen. Gelukkig gaat hij als eerste op de kruk zitten en mag ik nog even terzijde blijven staan. Hij speelt zoals hij praat. Wervelend, snel, krachtig en met een grote grijns rond zijn rode snor. Beethoven.

Als ik een halfuur later dan toch achter de piano ga zitten, is de angst verdwenen. Ik zoek voorzichtig tastend mijn weg tussen de noten en voel eerst niets anders dan het harde ivoor onder mijn verstijfde vingers. Zo van elkaar vervreemd dat wij elkaar alleen maar kunnen afstoten. Is het de verlegenheid die ons parten speelt? Ik geef het nog niet op en probeer de werktuiglijkheid van mijn handen kwijt te raken. Dat lukt pas als de piano mij onverwachts een loopje cadeau geeft, waar ik zo verheugd over ben dat ik nu ook de techniek vergeet die van mij zo'n armzalig hulpstuk maakt. Naarmate het stuk vordert, word ik overmoediger, haal hier en daar baldadig uit en begin tartend te vertragen als ik daar zin in heb. Ik vraag mij al lang niet meer af waar George nu eigenlijk gebleven is.

Steeds vanzelfsprekender vallen de klanken op hun plaats. Daarom waag ik mij in het spel te verliezen en herken dan eindelijk iets van de betovering die ik vroeger wel eens voelde als mijn handen de taak van mijn hersenen overnamen en ik geen woorden meer dacht, maar klanken. De muziek begint zichzelf te spelen, dirigeert mijn vingers, en ik antwoord met speelse trillers, krabbende slagen en af en toe een ferme tik op het wit-zwarte klavier. Na de laatste noot blijf ik even beduusd zitten. Ik heb haar gehoord, ik weet het zeker.

Dan voel ik ineens een prikkende zoen in mijn nek en hoor ik een stem die zachtjes in mijn oor fluistert: '*Not bad, not bad at all.*'

Lachend vallen we buiten in de ligstoelen. Ik besef dat je niets van een ander kunt leren. De ander kan alleen het vlies van angst waarmee je je vrijheid afknijpt, openprikken.

We openen een fles wijn en George begint weer te vertellen. Ik hoef alleen maar te luisteren, te drinken en te lachen. Even overweeg ik op hem Hannah's strategie toe te passen, maar ik laat die gedachte gauw schieten. Toch een beetje te oud, nietwaar?

Als de fles leeg is, staat hij nog altijd luid pratend op, geeft mij drie zoenen ten afscheid en roept mij, terwijl hij in de wagen klimt, nog toe: '*Joy is perfection!*'

'Pardon?' Ik werp hem een vragende blik toe.

'Ja, ken je dat niet? Dat is van een van jullie filosofen.'

'Van ons?'

'Ja, Spinoza, die zwervende jood die behalve woorden en gedachten ook zijn leven lang lenzen heeft geslepen.'

Zijn schaterende lach wordt door het starten van de motor overstemd. De vrachtauto draait een wild rondje door de tuin, schaaft langs de muur van de ruïne en stuift het pad op.

'Brillenman, vluchteling, peetvader van de psychoanalyse!'

'Tot volgende week!' roep ik, steek mijn hand op en loop naar binnen. Ik ga een brief schrijven. Ik ga een heel vrolijke brief schrijven.

36

Roubert, 15 mei 1997

Lieve Pieter,

Je zult het niet geloven, maar ik heb hier zojuist mijn eerste pianoles achter de rug! De plaatselijke pianostemmer bleek behalve van Engelse afkomst ook een begenadigd pianist en leraar te zijn en ik heb mij door hem laten overhalen om weer wat lessen te nemen. En niet voor niets. Na een wat onhandig begin kreeg ik er gaandeweg weer aardigheid in en hoefde ik mij zelfs niet te schamen voor het resultaat. Volgende week komt hij weer en ik heb mij voorgenomen elke dag een paar uur te oefenen.

Ik weet niet goed waarom, maar ik word erg vrolijk van die man. Hij is een idioot, maar dan wel een bij wie de waanzin er een vrolijk tempo op na houdt. Dat zal je niet bevallen, ik weet het, maar geloof me, er bestaat ook vrolijke waanzin, en die is krachtig, sleurt je mee, brengt de ondergrondse wateren in beroering en laat je toch niet verzuipen. Het is lang geleden dat ik zo genoten heb. De eerste tijd heb ik mij als het ware door het huis heen gesleept, niet bij machte om wat dan ook te doen. Vandaar dat ik je ook nu pas een brief schrijf; eerder ontbraken mij eenvoudigweg de zin en de moed.

Behalve de piano, heb ik hier vorige week een eigenaardige ontdekking gedaan. Je kent mijn moeders studeerkamer wel, ik heb daar vorige week wat in rondgesnuffeld. Veel spullen van haar werk, maar uiteindelijk vond ik ook na enige moeite een oud verhaal van haar uit 1972, dat over haar ontmoeting met Thomas gaat. Dat denk ik tenminste, want het is nogal bizar. Ik moet zeggen dat het mij bij tijd en wijle ontroert en meer dan dat. Ik leer een andere Hannah kennen. Een die twijfelt, wanhoopt, liefheeft en krampachtig probeert niet te verliezen wat zij in haar schoot geworpen heeft gekregen. Daar heeft zij de merkwaardigste ideeën over, maar goed, achter mijn moeder is hoe dan ook een vrouw opgestaan die ik niet ken, een minnares, een schrijfster, voortdurend schipperend tussen werk en verlangen. Aarzelend, onzeker en langzaam. Eindelijk eens langzaam! Niks voor Hannah.

Niet alleen mijn humeur, ook het weer is, godzijdank, omgeslagen. In het begin regende het vooral, maar nu stoot het voorjaar definitief door. De bloemen en de bomen lijken er heilig van overtuigd te zijn dat de zon voorlopig niet meer weggaat. Soms schiet er echter een koude rilling door het wankele evenwicht dat ik hier in stand probeer te houden en moet ik huilen om alle beelden die terugkomen en gaten in mijn netvlies branden. Toch durf ik ze nu toe te laten, en – het zal je verbazen – ze ook op te schrijven. Ja, ik heb wat op mijn notebook zitten slaan, de afgelopen weken. Wees maar niet bang, het is heus geen poging mijn moeder te evenaren. Ik wil alleen wat helderheid scheppen in de chaos van herinneringen die mij hier achtervolgen.

Enfin, tot zover wat mijn verblijf alhier betreft. En nu moeten we het dan maar eens over jouw brief hebben en over ons. Je houdt wel vol hè, met die aanzoeken van je. Je koppigheid slaat me telkens weer met stomheid. Ik dacht dat ik je toch genoegzaam duidelijk had gemaakt dat ik jouw zogenaamde 'oplossing' van de problemen helemaal niet onderschrijf. Misschien hoeft er wel helemaal niets 'opgelost' te worden. Misschien moeten wij er maar gewoon mee ophouden. Vroeger zou ik uit pure balorigheid en opstandigheid jegens Hannah nog wat voor jouw idee gevoeld kunnen hebben, maar die behoefte is de laatste tijd volkomen verdwenen. Dus wees lief, probeer een vrije jongen te zijn en ga niet uit het raam zitten turen tot ik terugkom. Want dat is allerminst zeker.

Hoe staan de zaken eigenlijk in het hoge Noorden? Weten je patiënten je het hoofd al op hol te brengen? Dat zou nog eens wat zijn! Ik moet je eerlijkheidshalve bekennen dat jouw gezicht pas de laatste dagen weer opdoemt. Een paar weken terug zag ik sowieso haast niets meer. Nu zie ik weer wat scherper, maar het gekke is dat ik niet altijd zeker weet of ik daar nu wel zo gelukkig mee moet zijn.

Het is al laat, ik houd ermee op, ga deze brief nog even posten en duik dan met Ovidius in bed. Dat is, naast Hannah's verhaal, momenteel mijn favoriete lectuur hier. Ik weet niet precies hoe lang ik nog blijf; in ieder geval wil ik de maand vol maken. Daarna zie ik wel weer. Maak je maar geen zorgen. Ik kom wel terecht. Liefs, Det.

37

Aeolus had de winden in hun levenslange kerker gesloten. Met zijn heldere morgenster maant Lucifer vanuit de hoge lucht tot werken. Perseus pakt zijn vleugels, bindt ze om zijn enkels, gordt zijn kromme zwaard weer aan en vliegt op snelle vleugelschoenen door het heldere luchtruim. Talrijke landen, wijd en zijd, had hij al achter zich, toen Ethiopië in zicht kwam, het koninkrijk van Cepheus. Diens kind, Andromeda, werd onverdiend gestraft voor wat haar moeder had miszegd – een al te wreed bevel van Ammon.

Het is niet waar dat ik geen traan om mijn moeder heb kunnen laten. Ik moest alleen behoedzaam te werk gaan, er slechts af en toe eentje de vrije loop laten, om niet in één keer met de vloed meegesleurd te worden en uitgegoten te worden over de velden, de bossen, de bergen. Er zou niets van mij zijn overgebleven!

Perseus, die haar daar ziet, haar armen vastgeketend aan een harde rots – en als een lichte bries niet in haar haren had gespeeld, als zij zelf niet warme tranen had gestort, had hij haar voor een marmeren beeld gehouden –, brandt van liefde vóór hij het weet. Verbijsterd door de schoonheid die hij ziet, vergeet hij bijna dat hij in de lucht moet blijven wieken. Hij strijkt neer en zegt: 'Die ketens passen niet bij jou, nee, meer het soort dat mensen met verliefde harten ketent... Zeg mij je naam, ik smeek je, zeg mij hoe de landstreek heet, waarom je hier geketend bent...'

Het was niet om wat zij zei, dat ik al die tranen in mij had verzameld. Het was misschien niet eens om wat zij deed, dat ik telkens al dat vocht moest wegslikken. Het was omdat de dunne watersluier tussen haar en mij te weinig ruimte liet om vrijuit te ademen, zodat ik wel duwen en trekken moest om er beweging in te krijgen. Het was geen spiegel die zich achter het fijne druppelgordijn verborg. Het was het gat achter de spiegel waar ik in verdween, zonder ooit zicht op mijn eigen beeld te hebben gekregen.

Eerst zegt zij niets; als meisje durft zij niet met een man te spreken, en ze zou haar blik in haar handen hebben weggestopt, indien ze niet vastgebonden zat. Wel sprongen tranen in haar ogen. Maar toen hij aandrong en zij niet de schijn wou wekken, dat ze bleef zwijgen over eigen schuld, noemde ze hem haar naam, noemde haar land, sprak van moeders al te hoge dunk van eigen schoonheid, en dit alles was nog niet verteld of zie: de zee werd wild, uit verre diepten dook een monster dreigend omhoog, zijn bovenlijf besloeg een breed stuk water.

Uit het gat dook telkens weer een schaduw op, een in moederliefde gedrenkte schaduw, die veel te hard mijn haren naar achteren trok, ze vlocht of samenbond, borstelde of kamde en mij zo van mijn eigen beeld wegrukte en schreeuwde: Zie mij aan! Het enige wat ik kon doen, was de schaduw van mij afslaan, weghollen en trappen en huilen en roepen: Nooit zul je mij krijgen, dat beloof ik je, nooit!

Het meisje gilt. Daar komt haar arme vader, daar haar moeder, beiden diep ongelukkig – wat de moeder meer dan hij verdiende! – maar zij bieden haar geen hulp, alleen maar tranen en klachten, passend bij dat ogenblik, en klemmen hun geboeide dochter in hun armen. Perseus roept: 'Voor tranen komt later tijd genoeg, voor redding is het uur maar kort! Ik, Perseus, zoon van Jupiter, overwinnaar van de slan-

*genrijke Gorgo, ik die me hoog, op vleugelslag, de lucht in
waag, komt mij niet meer dan wie ook uw dochter toe!'*

Maar alleen was ik niet sterk genoeg om de heilige band door
te snijden. Daar was hulp van buiten af voor nodig. De held
die door toeval of bij vergissing mij had uitgezocht, zou de
ketens kunnen breken. Hij zou met zijn eigen schaduw het
monster achter de spiegel verjagen en mij omhoog tillen naar
het ongekende, het ongewisse, het nog nooit geproefde.

*Wie zou nog aarzelen? De ouders stemmen toe, ja meer: ze
smeken, bieden hem als huwelijksgift hun hele land aan. En
kijk, gelijk een schip dat met vooruitgestoken sneb door het
water schiet dankzij veel zweet en armkracht der beman-
ning – zo brak het monster snel bewegend door de golven
heen en naderde de rots op slingerafstand, dus zover als een
Baleaar zijn loden kogel door het luchtruim slingert, toen
plots de jonge held een afzet nam en van de aarde steil op-
steeg naar de wolken. Op het watervlak verscheen zijn schaduw, en het woeste monster wierp zich op die schaduw...*

*

Een stekende pijn achter mijn oor schudt mij wakker uit een
woelende slaap. Ik probeer mijn ogen open te doen – hoe kan
zo'n eenvoudige beweging zoveel moeite kosten? – maar
dwaal nog geruime tijd tussen lakens en rotsen, hoor het ruisen van de zee en dan weer de vogels in de tuin, zie flarden
blauw en zwart en geel, druk mijn oogleden weer omhoog, en
herken dan eindelijk de dag, de kamer, de plek.

Met mijn arm schuif ik het notebook dat op mijn kussen
ligt opzij, betast met mijn hand de pijnlijke plek in mijn nek
en ga dan weer liggen. Ik sluit mijn ogen – nog even – en laat
langzaam het knisperen van de ochtendzon tot mij doordringen.

Ik hoor hoe het zonlicht tegen de luiken en de dikke stenen muren slaat, hoe de lichtbundels door de bomen, de takken en de bladeren naar beneden vallen en hoe de warmte de dauwdruppels wegsist van het gras. De zon is een koning. Hij gehoorzaamt niet, maar beveelt. Sta op! Doe je kleren aan! Zie het licht! Ik houd liever mijn ogen nog even gesloten en wacht tot hij ook mij gevonden heeft. Maar de zon is ongeduldig. Hij roept op, spoort aan. Er is geen sprake van dat ik een dag waarop hij schijnt, in een slaapkamer mag verdoen. 'Eruit!' roept hij. 'Ga eropuit!'

De oude rode zomerjurk van Hannah die ik in de slaapkamerkast vind, is mij iets te groot, maar zwiert daarom mooi langs mijn benen. Ik maak een rondje door de kamer en ruik in de opstijgende wind die het draaien veroorzaakt, dwars door de muffigheid heen een vleugje van haar parfum, roestbruin geel in een klein, hoekig flesje. Armen die zich beschermend en koesterend om je heen slaan. Huidgeur die je dromen laat dat er ergens een toevlucht is.

Ik zit bij mijn moeder op schoot en leg mijn wang tegen haar zachte, mollige bovenarm aan. Zoute en zoete geuren vermengen zich. Mijn wang wordt te warm en te plakkerig op haar roomzachte huid en ik haal hem er weer van af. Met mijn neus draai ik kleine rondjes op het gespikkelde fluweel van haar bovenarm en ik probeer ondertussen al snuffelend de sproeten te tellen. Het zijn er te veel.

Ik glij met mijn hand naar de binnenkant van haar arm; daar is het zo zacht dat mijn hand in haar huid lijkt te verdwijnen. Ik sla mijn armen om haar nek en geef haar een zoen. Niemand heeft zulke mooie armen als mijn moeder!

Hannah tilt mij met een resoluut gebaar van haar schoot: 'Kom, malle meid, we gaan de aardappels schillen.'

Van de gedachte alleen al aan die droge, kleiige knollen die je vingers zo raar stroef maken, krijg ik kippenvel, maar toch loop ik achter haar wapperende zomerjurk aan: het zachte plonzen van de aardappels in de pan met water wil ik niet missen.

Met zo'n lucht moet je wel buiten ontbijten. Terwijl ik mijn koffie drink, voel ik de felheid van de prille voorjaarskoning. Deze zon breekt open. Niet zachtzinnig, maar fel en direct. De voorjaarszon is een bokser. En ik laat mij geheel vrijwillig door hem knock-out slaan. Glimlachend vang ik de klappen op en dankbaar wis ik het zweet van mijn voorhoofd. Er zijn mensen die altijd de schaduw opzoeken. Waarschijnlijk omdat ze te veel klappen hebben opgelopen en de boel liever dicht laten slibben. Ik niet. Ik wil best opengebroken worden en mijn oude winterhuid afstropen.

De zon kruipt over mijn lichaam. Eerst werpt hij zich vol overgave op mijn hoofd, aangetrokken als hij wordt door de blonde glans van mijn haren. Dan glijdt hij langzaam naar beneden, langs mijn slapen, die van al die hitte stevig beginnen te bonzen, en over mijn neus, waarop het algauw wemelt van de zweetdruppeltjes, om zich vervolgens te goed te doen aan mijn Hollandse wangen. Daar houdt hij even stil, deelt enkele plaagstootjes uit en zet het roze van mijn winterhuid in vuur en vlam. Even denk ik aan de strohoed die ik in de kast heb zien liggen, want de hitte begint me behoorlijk naar m'n hoofd te stijgen, maar ik laat de gedachte aan bescherming weer gauw varen. Wie opengebroken wil worden zal naakt het zonlicht tegemoet moeten treden.

De zon glijdt onverstoorbaar verder, werpt een blik in mijn halfgeopende mond, verwarmt zelfs het kuiltje in mijn kin en kruipt langs mijn nek het diep uitgesneden decolleté van Hannah's jurk binnen. Met mijn tong lik ik de zweetdruppels van mijn bovenlip, zet de mok met koffie naast mij neer, ga nog iets meer onderuit zitten, schop mijn slippers uit en leg mijn voeten op het bankje. Geen betere zonnestoel dan deze ouderwetse chaise longue.

De eerste voorjaarsstralen zijn het ongeremdst. Ze verwarmen niet, ze branden. Ze storten zich als vuurpijlen op de nog bleke huid en lachen om het breekbare wit van armen, neus en dijen, tonen geen enkel begrip voor de nog onwennige bovenarmen en maken telkens duidelijk dat zij de baas zijn. Je kunt je niet tegen hen beschermen. De eerste zonnestralen zijn het gevaarlijkst.

De zon kruipt nu brutaal onder mijn rode jurk, schiet er bij de korte mouwen weer uit en begint behaagziek mijn armen te strelen. Ik laat ze langs de stoel naar beneden vallen, en keer hem ook de witmarmeren binnenkant toe. Maar hij gaat alweer verder, aangespoord door een onbegrijpelijke drift, kruipt naar beneden, onderzoekt mijn benen, ruikt aan mijn voeten en laat er het bevroren zweet van maanden verdampen. Ik trek de rok naar boven, tot aan mijn heupen, en duw mijn knieën licht naar buiten. Ik voel de zon aan mijn voeten kietelen, beweeg mijn tenen en merk hoe weldadig deze van sokken ontdane lichamelijkheid is. Omhoog gaat hij nu, langs mijn nog nuchtere onderbenen, naar de veel wekere, en overgevoelige huid van de binnenkant van mijn dijen, waarvan het weerloze wit zijn aandacht lang weet vast te houden.

Plagerig bijt hij in het zachte vel en laat er enkele rode vlekken op achter. Loom rek ik mij uit, duw mijn borst naar voren en plooi mijn hele lichaam naar de zon. Ik voel nu ook het laatste vliesje winterschaamte dat mij nog van hem scheidde, oplossen in de hitte van zijn stralen.

Dan werpt hij zich plotseling vol zinderende overgave op het stukje helblauw katoen dat boven aan de witte huid de overgang van mijn benen naar mijn buik markeert. Hier ben ik thuis, denkt de zon, aan deze hemel moet ik staan en dieper en dieper duwt hij zich in het blauw, dat begint te smeulen en te koken tot ik zachtjes begin te kreunen. Ik buig mijn knieën nog iets meer naar buiten, duw iets van het blauw opzij en laat mijn heupen licht wiegen, naar boven, naar beneden.

Dat is iets te veel van het goede voor de zon. Beduusd trekt hij zich terug en laat me even begaan. Maar daar voel ik de rozevingerige zonnegloed alweer mijn dijen strelen. Eerst zachtjes, dan wilder, de zon kan zich niet meer beheersen. Hij begint te stompen, steeds ruiger, steeds feller, tot hij een vuist tussen mijn benen is.

Door alle poriën van mijn huid stroomt de hitte naar binnen. Achter mijn gesloten oogleden spatten honderden sterren uiteen. Mijn lichaam is een oog geworden, een groot stralend oog dat zich naar hem toe wendt, opstijgt en versmelt met het gloeiende licht dat van de blauwe hemel spat. Ik gooi mijn hoofd opzij en voel het komen. In de zon. Ik kom door de zon, in de zon... En dat herhaalt zich maar en herhaalt zich maar, tot ik mijn buik helemaal naar voren duw en mij met stoel en al weg voel zakken, een onpeilbare diepte in. Terwijl ik naar beneden word gezogen en mijn hoofd van de ene naar de andere kant sla, begint het tussen mijn benen te kloppen, alsof mijn hart zelf naar beneden is gezakt, en nu aan de uitgang wacht om bevrijd te worden.

Ik leg mijn hand in mijn kruis, steek twee vingers naar binnen en duw mijn hart zachtjes terug omhoog. Minutenlang blijf ik uitgestrekt zo liggen. Als ik mijn ogen opendoe, zie ik dat er vanuit het oosten wat sluierbewolking aan komt zetten. Tegelijkertijd beginnen de bomen vervaarlijk te ruisen en voel ik een opkomende *vent d'Autan* door mijn haren strijken. De wispelturigste aller winden. *Le vent qui rend fou.*

Met een lichtheid en energie die me lange tijd niet gegeven waren, sta ik op. Het felle blauw van de hemel wordt met grove streken grijs overschilderd. De heldere lucht die net nog alles omhoogzoog, begint mij nu ineens tegen de grond te drukken. Er komt een zeurende pijn in mijn voorhoofd op. De zon heeft aan kracht ingeboet en zich als een fragiele lichtbron tussen de ijle slierten grijs genesteld, met wonderbaarlijke gevolgen. Ik weet niet wat ik zie.

Een halve regenboog hangt als een verjaardagsslinger onder de zon. Het veelkleurige lint lijkt de zon in slaap te wiegen of hem van onderen op te willen vangen voor het geval hij geen stand meer houdt aan de hemel. Eerst verbaas ik mij over de gekantelde kleurenboog die normaal gesproken van horizon tot horizon reikt, maar nu op zijn rug ligt, de beide uiteinden naar boven gericht. Maar dan zie ik dat de boog toch doorloopt en rond is en één vloeiende lijn rondom de zon trekt, alsof god zelf er met zijn passer een feilloze kleurenkring omheen heeft getrokken. De zon is een oog geworden. Als een lichtgevende pupil hangt de zon in het midden van zijn bontgekleurde iris en kijkt mij schuldbewust aan. Mijn lichaam kijkt verzadigd terug. Oog om oog, lichaam om zon.

38

10 april 1972

Het regent zoals het nog nooit heeft geregend: het is zo grauw en grijs dat de hemel lijkt over te geven. Ik sta op het balkon, maar als ik probeer wat frisse lucht te happen, schiet de nattigheid in mijn keel en slaat het vocht op mijn longen. De hemel regent haar verlies uit en ik slik het proestend in. Naar adem snakkend loop ik terug naar binnen en sluit de balkondeuren. Voordat ik aan mijn bureau ga zitten, zie ik dat er warempel enkele knoppen van de kersentakken zijn opengesprongen.

Wat was er intussen met haar gebeurd? Hoe stonden de zaken er eigenlijk voor? Zij had haar geliefde inderdaad tijdelijk geruild tegen een schaker, uit pure noodzaak natuurlijk, want wie de liefde niet tart, laat haar op de klippen lopen. Dat wist iedereen, maar bijna niemand deed er wat aan, aan de versmelting, de sleur, de vanzelfsprekendheid. Zij wel, zij had zichzelf van het bord laten slaan, zodat haar geliefde haar weer zou moeten zoeken, zijn reukzin weer zou moeten aanscherpen. Daar was het immers allemaal om begonnen, om die niet-aflatende zoektocht? Liefde wil eeuwigheid, en die kan blijkbaar alleen bestaan bij de gratie van onderbrekingen.

'Je kan het maar niet laten, hè?'
'Wat?'
'Die grote woorden, die lyriek.'
'Dat waren toevallig niet mijn eigen woorden.'
'Dat is vaak zo met grote woorden en dat is ook pre-

cies hun probleem. Denk aan het spel.'
'Alweer?'
'Ja, de langzame opbouw, de schijnbewegingen; een koning kun je niet in één zet mat zetten.'
'Heb ik dat dan geprobeerd?'
'Nee, maar daar streef je onbewust wel naar, je richt je op de laatste zet, op het resultaat, terwijl het alleen maar om het genot van de strategie gaat.'
'Ik begrijp niet wat je bedoelt.'
'Het gaat om de woorden die aan de grote of kleine voorafgaan.'
'Weet je dat je een beetje belerend begint te worden?'
'?'
'Zit je hier soms een workshop prozaschrijven te geven?'
'Je hebt me er zelf bij gehaald.'
'Dat weet ik maar al te goed.'
'Ik wilde er niets mee te maken hebben.'
'En nu ineens wel?'
'Het klinkt misschien gek, maar het gaat ook over mij.'
'Daar ben ik blij om.'
'Luister, eerst gaat het goed, maar dan laat je je weer verleiden door...'
'Door wat?'
'Weet ik veel, de illusie dat je het wel even fijntjes uit de doeken kunt doen.'
'Ik houd er sowieso mee op.'
'Dat doet iedereen op een gegeven moment.'
'Maar ik weet niet of ik de draad ooit weer op zal pakken.'
'Dat weet ik ook niet, maar doet dat ertoe?'
'Moet ik de laatste regels nog schrijven?'
'Als je niet anders kunt.'

Zij keek naar de glazen vaas op haar bureau en vroeg zich af wat bloeiende kersentakken toch met Japan te maken hadden. Was het de grootsheid in het minuscule? Was het de witte kleur, die over het donker heen geverfd werd? Telkens overal weer een witte laag overheen kalken. Stil maken. Wit maken. Koud laten worden. De woorden zelf met bloesem bedekken, zodat alleen de contouren zichtbaar blijven. Kersentakken bloeien op sneeuw.

Er viel nog een hoop te doen. Ze moest het centrum verlaten. De velden wegvlakken. De overige stukken van het bord slaan. Haar stad en geliefde terugvinden. Het onmogelijke willen. Een huis behouden door te gaan zwerven. Een huis waarin zij overal witte bloemen neer zou zetten, terwijl hij ergens stond te werken aan zijn eenzaamheid. De trappen afdalen en terechtkomen in een verblindend witte ruimte om het niets te worden waarin zij samen weer op zouden kunnen staan.

Er was nochtans veel moed voor nodig om het ieder jaar weer Pasen te laten worden...

*

Onder de laatste regel staat een vette stippellijn getekend. Als ik het pak papier weer in de map wil stoppen, zie ik dat de achterkant van het laatste vel met pen beschreven is.

*

Roubert, 24 mei 1972

Er zijn inmiddels zes weken voorbijgegaan. Ik heb Thomas in Parijs opgepikt en samen zijn we verder naar het Zuiden gereisd. Dit verhaal stop ik hier in mijn bureau veilig achter slot en grendel. Bestemd voor de eerlijke vinder met doorzettingsvermogen.

Het voorjaar is overweldigend. Alles schiet op uit de kille wintergrond en doet verwoede pogingen gezien te worden. Dat geldt ook voor de vreemdeling die zich enige tijd geleden in mijn eigen lichaam heeft genesteld. Die valt buiten het verhaal, maar is ongetwijfeld het enig denkbare vervolg erop.

*

Dan, onder aan de pagina, nog wat laatste krabbels.

*

Straks loopt er een kind door de kamer te dribbelen. Wat doet het kind? Het kind kijkt naar de vader en de moeder of die wel zien dat het al zo goed dribbelt. Wat ziet de vader, wat ziet de moeder? Hoe kijken zij naar hun kind? Zij kijken trots naar de eerste passen van het kind en moedigen het aan. Hoe kijken zij naar elkaar? Zien zij in de ander alleen nog degene die het zo prachtig dribbelende kind voortbracht?

Waar blijven wij als het kind er eenmaal is? Zal ik de vochtig geurende aarde van het land nog opsnuiven? Zal ik nog schrijven? Is het mogelijk? *Et liber et liberi*? Ik weet het niet. Het is een kwestie van overgave.

Een kind. Het overschrijdt mijn wil. Ik zal opengescheurd worden, letterlijk ditmaal. Een derde cirkel zal worden getrokken. Deelverzamelingen zullen we worden, van een en dezelfde...

*

Het laatste woord is onleesbaar. Meerdere malen doorgehaald en zo te zien zijn er ook verschillende woorden over elkaar heen geschreven. Een en dezelfde wat? Ja wat, eigenlijk? Moet ik het soms zelf invullen?

Ik leg de map terug in de onderste la van Hannah's bureau. Is de inbraak noodzakelijk geweest? Heeft het een beetje geloond? Een en dezelfde... Ik weet het niet. Het kan zoveel zijn. Een en dezelfde... familie, liefde, geschiedenis, weet ik veel?

Ik loop naar de badkamer en voel heel nadrukkelijk elke beweging die mijn lichaam maakt. Ik duw de deur zachtjes open, loop door naar de spiegel, leg mijn handen op de wasbak, leun iets achterover, maar til mijn hoofd nog niet op. Ik kijk naar de glanzend witte wasbak, vis er een haar uit, doe de kraan open en spoel hem weg. Dan laat ik het koude water over mijn polsen stromen, maak een kommetje van mijn handen en werp het water in mijn gezicht. En nog een keer. En nogmaals. In naam van de moeder, hopla, de dochter, vooruit, en de heilige geest.

Dan kijk ik op. Een drijfnat gezicht met twee grijsblauwe ogen, waar het water maar uit blijft stromen. Ik pak een handdoek, droog mijn gezicht af en kijk recht voor mij uit. Door het gebroken blauw van mijn ogen spat een lichtstraal die mijn mondhoeken omhoogtrekt. Ik schater het uit. Hannah's lach. Van schrik druk ik de handdoek tegen mijn mond.

Wat weet je nu eigenlijk van je eigen spiegelbeeld?

39

Alweer een strakblauwe lucht, compleet met een zinderende hitte die eerder aan augustus dan aan mei doet denken. De hele nacht hebben Hannah's laatste woorden door mijn hoofd gespookt. Het verhaal is zo abrupt en onverwacht afgelopen dat het mij in verwarring heeft achtergelaten. Ik weet niet meer wat ik nog moet geloven. Zou Oedipus soms niet míjn mythe zijn?

Ach, natuurlijk wel. Ik heb mij toch in hem herkend. In zijn geur, zijn woorden, zijn aarzelende houding. Als ik met Thomas wandelde, was het of mijn eigen uitvergrote spiegelbeeld naast me liep. Ik grijnsde, hij grijnsde, ik stak mijn handen in de lucht, hij stak zijn handen in de lucht. En bovenal datzelfde, bijna samenzweerderige gevoel voor humor. We voelden beiden haarscherp aan wanneer en hoe een bepaalde grap verteld moest worden.

Maar goed, ik ploeter hier nog wel even voort met alle vragen omtrent afkomst en begin, hoewel die schaker me gestolen kan worden. Daar ga ik nu echt niet nieuwsgierig naar worden, god beware me. Ik sta op voor een derde kop koffie en hoor op hetzelfde moment een luid motorgeronk naderen. Wat is dat nu? De postbode met een kapotte knalpijp? Ik loop naar buiten en zie van achter de keuken een enorm rood gevaarte het erf oprijden. Een lachende Marc schuift het plastic deurtje naast zijn hooggelegen zetel opzij. Wat hij roept, kan ik niet verstaan. Hij zet de motor uit en springt lenig van de tractor.

'Ik moest Guy helpen bij het hooien en dacht, ik kom je even gedag zeggen, want morgen moet ik voor ander werk weer naar Toulouse.'

'Wil je ook koffie?' vraag ik verbouwereerd en wijs op mijn lege mok.

'Graag.'

Verbazing en teleurstelling over het aangekondigde vertrek maken toch nog plaats voor een lichte vrolijkheid als ik in de keuken de melk warm en de mokken volschenk. Voordat ik weer naar buiten loop, schiet ik de badkamer in om mijn gezicht te wassen, mijn haren te kammen, mijn lippen te kleuren. Moet ik ook niet iets anders aantrekken? Geen tijd, ik moet hem niet te lang laten wachten.

De tractor staat belachelijk groot te wezen op het gras. De wielen hebben diepe sporen in het veld achtergelaten. Dat gazon is nu ook naar de filistijnen, denk ik terwijl ik 'Koffie!' roep.

Achteroverleunend in de chaise longue kijk ik aandachtig hoe hij komt aangelopen. Het hoofd schuin naar voren gebogen, de schouders in een rechte lijn op de slanke, soepele heupen. Hij komt naast me zitten en begint me zijn hooiverhaal te vertellen. Het interesseert me nauwelijks, maar ik luister en knik en stel af en toe een vraag. Eigenlijk wil ik alleen maar luisteren, zijn sensuele lippen zien spelen met de Franse taal, zo soepel en lenig als hij die om de woorden legt. Bij hem gaat het er niet om te horen wat hij zegt, maar om te proeven hoe hij het zegt.

Na de koffie laat ik hem het huis zien. Met elke stap ontdoet hij de kamers van het stof van de tijd en geeft hij hun de herinnering terug. Hij hoeft maar een blik op de meubels te werpen of hier staat een mooie negentiende-eeuwse secretaire, en daar een vaas van diepblauw keramiek, een houten beeld van Thomas, een glanzende koperen pot voor het sprokkelhout. Is hij een tovenaar? Ik drentel dromerig achter hem aan.

'Die boeken kun je 's winters beter achter glas zetten, dan trekken ze niet zo krom.'

In de keuken aanbeland vraag ik hem of hij honger heeft.

Om hem hier de hele dag te houden ben ik bereid de voorraadkast volkomen leeg te plunderen. Ik pak brood, kaas, paté, salade, olijven en schenk een glas wijn in. Aan de keukentafel eten we eerst zwijgend de gekrulde sla op. Ik strijk met mijn hand over de nerven van het verweerde tafelblad. Al zo'n driehonderd jaar hebben mensen aan deze tafel brood gegeten. Ik zie de lange, gespierde handen voor mij naar het mes grijpen. Met trage, bedachtzame gebaren smeert hij een stuk stokbrood.

'Die muren moet je met antischimmelverf bewerken. Dan krijg je niet van die vochtplekken.'

Hij weet op alles raad. Ik knik en schenk zijn glas nog eens vol. Ik wil hem best op klaarlichte dag al dronken voeren. Ik ben tot de gekste dingen in staat.

Niet hij, maar ik raak aangeschoten en begin steeds meer te raaskallen over het Franse platteland, en hoe geweldig het hier wel niet is. Ik overschreeuw me in complimenten voor zijn vaderland, dat ik enkele dagen geleden nog zo vervloekt heb.

'Wat ik zo mooi vind, is dat de mensen hier nog met de dag leven, dat zij zich niet zo laten opjagen door de toekomst en vage carrièreplannen... Dat zij met het simpele feit dat de zon weer opkomt, tevreden kunnen zijn en dat zij de lucht, de nieuwe gewassen, de jaargetijden werkelijk begroeten en daarom dichter bij het leven staan.'

Hij glimlacht welwillend, maar vertelt me dan over de boeren die nog maar ternauwernood hun hoofd boven water kunnen houden.

'Ze moeten hun graan ver onder de prijs verkopen en houden niet eens genoeg geld over om hun kinderen iets fatsoenlijks aan te trekken...'

En ik schaam me alweer voor mijn toeristenverhalen, maar wil ook niet over de landbouw praten, wat weet ik daar nu van?

'Premiejagers zijn het geworden. Afhankelijk van de subsidies van Brussel. Het zijn geen boeren meer, maar ambtenaren...'

Het gaat niet goed. Het gaat helemaal niet goed. Er komt ineens een triestheid de keuken binnenwaaien die ik koste wat het kost moet verdrijven. Hoe kon ik ook zo stom zijn om over die boeren... Ik geef hem gauw de kaas, wat brood en nog meer wijn.

'In Holland eten we kaas bij het ontbijt,' zeg ik dan tot overmaat van ramp, en als hij mij verbaasd aanstaart, en ik de kloof tussen ons nog groter voel worden, stel ik hem snel voor de tuin te gaan bekijken, hoewel daar ook zijn tractor staat, waarop hij elk moment weer kan verdwijnen. Dat risico moet ik dan maar nemen.

Marc lijkt echter helemaal geen haast te hebben. Verrukt hierover toon ik hem de wilde rozen, de lavendelstruiken, de kruidentuin en de ruïne met de bloeiende tamarisk. Wat ben ik blij dat deze tuin enkele hectaren beslaat, zodat aan de wandeling vooralsnog geen einde komt. Ik vertel hem over de plannen voor zwembaden en tennisvelden waar mijn ouders elke zomer van droomden, maar die er nooit gekomen zijn. Hij vertelt over de tuin van zijn oma, die behalve enkele potten geraniums slechts uit sla, courgettes, sperziebonen en wortelen bestaat. Alleen de fruitbomen zorgen in het voorjaar voor enige kleur en frivoliteit.

'O, maar fruit hebben we ook,' zeg ik gehaast, bang om nog eens onder de categorie decadente toerist te vallen, en wijs hem trots de wilde appelbomen en de bloeiende kersenbomen die in het veldje naast het huis staan.

We lopen er langzaam naartoe, door het veel te hoge gras, dat mij niet langer angst inboezemt omdat plotseling alle slangen, muizen en ander ongedierte eruit verdwenen zijn. Ik sta zelfs op het punt mijn schoenen uit te trekken en blootsvoets door het sappige meigras te gaan lopen, hem bij de hand te nemen, mijn redder in nood, mijn slangenbezweerder.

Waarom pak ik die hand niet, die wonden heelt, die het gevaar verjaagt en het leven zo vanzelfsprekend terug laat komen dat ik bijna lachen moet om de afgrond van doorwaakte nachten die achter me ligt? Ik voel de grassprieten aan mijn enkels kietelen en word met elke stap lichter, zodat ik haast naar die kersenbomen toe lijk te vliegen, mijn rok wapperend in de wind: je bent er wel, je bent er niet.

'Zie je wel?' vraag ik en kijk omhoog in de wijde krans van zijdeachtige bloemen. Marc komt naast mij staan en trekt een tak naar beneden, om mij de kersenbloesem te laten ruiken. Ik begraaf mijn gezicht in de zachte witroze bloemen, maar ruik hem in plaats van de bloesem. Zonnedistel, zweet, zee; de zoetzilte lucht van de aanbrekende zomer.

Zoals een adelaar, vogel van Jupiter, in het veld een slang ontdekt, die zijn grijsblauwe rug in zonlicht koestert, en hem van achter aanvalt en diep in zijn schubbennek zijn klauwen drukt, zodat het dier de gifkop niet kan wenden – zo dook ook Perseus pijlsnel door de lucht omlaag en sprong het monster op de rug en stak zijn zwaard rechts in de flank van het sidderende dier, tot aan het kromgebogen heft.

Ach, vertel mij wat. Maar het zonlicht wordt steeds feller en ik zie de witte kersentakken al niet meer, maar weet ze wel om mij heen, zonder te kijken, als in een onzichtbare omarming. Ik draai me half naar hem toe. Hij lacht en legt slechts één hand op mijn schouder en ja hoor, daar schiet het genot al als een messteek door mijn lichaam. Ik ben getroffen, want mijn buik krimpt ineen en mijn spieren trekken zich als een gebalde vuist samen om zich op de aanval voor te bereiden.

Gepijnigd door de diepe wond verheft het dier zich hoog in de lucht, duikt dan weer onder water, wendt zich links en rechts als een wild zwijn waarop een hondenmeute blaffend afspringt.

Nog een hand en ik zou weg zijn geraakt, verdampt, opgelost. Kan ik dat zomaar laten gebeuren? Ik hol naar de keuken om een mes te pakken. Hij roept verbaasd wat ik ga doen. Ik graai in de buffetkast en loop snel weer naar hem terug, het lange mes achteloos bungelend in mijn rechterhand.

'Dat is toch niet voor mij, hoop ik?'
   'Wie weet?' Ik snijd een bloeiende kersentak af.
   'Wil je me soms vermoorden?'
   'Misschien,' en ik snij nog een tak af en nog een.
   'Maar waarom? Ik heb toch niets misdaan?'
   Hij komt achter mij staan en pakt met beide handen mijn middel vast.
   'Dat weet ik nog niet zo zeker.'
   Zijn handen glijden over mijn heupen, mijn buik. Ik zie de tuin niet meer, noch de zon noch de honderden bloemen in de wei. Ik zie alleen het mes in mijn rechterhand. Ik laat mijn duim langs het scherpe lemmet gaan, dat glinstert in het licht en werp mijn hoofd naar achteren, in zijn zacht zwetende nek, om hem met huid en haar op te kunnen snuiven.

Perseus blijft voor de prooibeluste bek gespaard dankzij zijn snelle vleugels. Waar hij kans ziet, stoot hij met zijn zwaardpunt tussen de ribben, in de rug, waarop een schelpenlaag gekleefd zit. Het ondier braakt een waterstroom met rode stralen bloed het luchtruim in; de vleugelschoenen raken door 't gespetter zwaar van het vocht, ja, zo doornat, dat Perseus er niet meer mee durft te vliegen.

Zijn handen kruipen nu omhoog, kneden mijn buik, houden stil bij mijn borsten en glijden langs mijn hals naar binnen. Dan begint het bloed te stromen. De wereld gaat op in rood.
   'Ik weet nog niet zo zeker of dit geen misdaad is,' zeg ik, terwijl ik me nu helemaal omdraai en me overgeef aan die

mond, die mijn wangen kust, mijn neus, mijn haren, mijn nek.

Dit ben ik, denk ik dan nog, alleen dit lichaam, deze bundeling van spieren, deze lichtvoetige diepte. Ik laat het mes en de takken uit mijn handen vallen. Hij duwt zijn onderlichaam nog steviger tegen mij aan en ik voel hoe het genot zich opricht, overweldigend, vernietigend en spoor het aan, zweep het op, begin met beide handen over zijn rug, zijn billen, zijn dijen te wrijven. Hij kreunt en ik weet dat ik alleen nog die zoet brandende lustgolf ben, die zich vanuit mijn buik over mijn hele lichaam uitrolt, mijn hersens verweekt, mij stomdronken maakt.

Met de rifpunt links als houvast stak hij zijn zwaard drie-, viermaal steeds weer in dat onderlijf. Gejuich met luid applaus klonk van het strand tot hoog in het woonhuis der goden. Cepheus en Cassiopeia, het ouderpaar, begroeten vreugdevol hun schoonzoon, noemen hem hun redder, de helper van hun huis. Dan komt, uit ketenen bevrijd, het meisje dat de inzet en de prijs was voor zijn strijd...

's Avonds zet ik de kersentakken in de blauwe vaas op de eettafel.

40

De liefde heeft zo haar eigen kater. Geen hoofdpijn of brandend gehemelte, geen trillend lichaam dat de geringste tochtvlaag als een griepvirus in zich opneemt, maar wel die weeë, nog nahunkerende ledematen, de tot het uiterste gespitste huid, en die lichte misselijkheid die zich van mijn buik tot in alle regionen van mijn lichaam heeft genesteld. Sinds hij vertrokken is, wil ik nog maar één ding: hem weerzien. Hij moet de onrust van mij wegnemen, mijn lichaam kalmeren dat zo heftig lijdt aan de afwezigheid van strelende handen en drukkende knieën. Hij is vertrokken en het is vooralsnog onzeker of hij terug zal komen.

Vanmorgen kwam de postbode. Twee teleurstellingen in één. Eerst dat het de postbode was die het erf op kwam rijden, en vervolgens dat de brief van ver kwam en niet van dichtbij. Pieter kondigde zijn komst aan en heeft mij ook meteen maar te verstaan gegeven dat hij me mee terug wil nemen naar huis. Zakelijk, beslist en vol goede bedoelingen. Zoals altijd. Pieter familias. Ik zal hem bellen en zeggen dat hij zich de moeite kan besparen.

Vandaag wilde ik in alle stilte nadenken over wat Hannah's verhaal en het weerzien met het stenen huis van mijn ouders bij me teweeg hebben gebracht. Ik kan echter alleen maar denken aan de afgelopen nacht en dromen van volgende nachten, die misschien nooit zullen komen. Elke gedachte wordt weggezogen door een niets ontziend verlangen dat alleen interesse heeft voor wat zich nu zo'n honderd kilometer verder ophoudt. Het stoort mij dat ik me niet meer kan concentreren en zo godvergeten eenzijdig ben geworden in mijn fantasie. Het ergert mij dat mijn net verkregen, wankele evenwicht alweer zo wreed wordt verstoord. En waarom? Om één nacht lust met een paar stevig gespierde benen.

Ik voel die benen nog, ruik die zwetende huid, streel die blond behaarde buik. Zo'n kerngezonde boer, wat moet ik daar eigenlijk mee? Met moeite herinner ik mij zijn stem, zijn gezicht. Maar onze nacht kan ik niet meer van mijn huid krabben. Een kettingreactie van aanrakingen. Elk gebaar roept een streling op die weer om een nieuwe vraagt, en nog één, en nog heftiger, tot we uitgeteld gaan liggen, niet voldaan, nog lang niet. Wij zijn onuitputtelijk.

Ik draai mij van hem af, maar een minuut later zoek ik met mijn voet alweer een been, een knieholte, en voel hoe het zoeken wordt beantwoord, hoe mijn voet tussen twee handen wordt genomen, hoe mijn tenen gekneed en gestreeld worden, en één voor één naar zijn mond worden gebracht, waar zij geliefkoosd worden door een tong die alle spanning eruit weglikt. Ben ik het zelf, die uit mijn tenen wordt weggezogen? Waar ben ik anders, dan op die tong, in die mond?

Maar nu is hij verdwenen en richt ik mij weer op vanuit een aan flarden gescheurd evenwicht. Ik vertoon werkelijk alle verschijnselen van een ontwenningskuur. Mijn koortsige huid valt niet te verwarmen, mijn bonkende lichaam niet te bedaren. Ik heb niet meer geslapen sinds hij is weggegaan. Ik kraak mijn hersens om alles weer voor mij te zien. En ik zie het voor mij, maar voel niets. Behalve verlies, onrust en ongestild verlangen. Terug bij af. Ik herinner mij mijn eerste nacht in dit huis, gruwelijker misschien dan de twee laatste, maar met hetzelfde gevoel van eenzaamheid en hetzelfde besef er uiteindelijk alleen voor te staan. Een geliefde gaat wel aan de loop met je verlangen, maar geeft je geen ouders terug.

En weer staat de maan vol aan de hemel en baadt het grasveld in witgrijs licht. Ik loop de tuin in en zie de maan op het stenen huis slaan. Ik ga op de oude molensteen zitten en krab er met mijn nagels het mos van af. Die Hannah ook met haar theorietjes. Een minnaar om een val te bewerkstelligen? Alsof ze ondanks alles toch zelf de touwtjes in handen wilde houden. Maar je bent machteloos. Het verlangen slaat je alle touwen uit handen. Je staat erbij en kijkt ernaar. Het gebeurt. Er valt niets te regelen, te beheersen, te bedwingen. Je wordt van je stuk gebracht en na afloop mag je zelf alle scherven weer aan elkaar vast gaan lijmen. Wat een geluk. En wat is het resultaat? Misschien één blik voorbij de wand, misschien één lach die werkelijk schatert.

Over een paar dagen zal ik hier weggaan. Ik wil er nog niet aan denken. Langzaam loop ik naar de boomgaard naast het huis en verbaas mij erover dat ik nu zomaar, zonder angst, de nacht in durf te wandelen. De grillige takken van de oude kersenbomen krijgen onder het ijle maanlicht sprookjesachtige gestalten. De witte bloesem steekt scherp af tegen de donkere hemel. Kersentakken op sneeuw. Zo moeder, zo dochter?

Misschien, hoewel ik haar zelden ook maar één zin heb laten uitspreken. Altijd moest ik haar onderbreken, haar stem overschreeuwen. Ik ga in het gras zitten en leun met mijn rug tegen de knoestige stam van de oude fruitboom. Nu ik haar verhaal heb gelezen en zij afstand van mij heeft genomen en ik eindelijk afscheid van haar, begrijp ik niet waarom ik niet eerder een steen heb gepakt om de spiegel die tussen ons stond opgesteld, stuk te gooien. Uit dezelfde grond geboren, maar in een ander licht opgegroeid. Tweekoppig monster, elkaar bestrijdend, elkaar verleidend.

Ik kijk omhoog. Het lijkt wel of het nu ook nog gaat sneeuwen, maar het zijn de witte kersenbloemen die door een zachte bries van de takken naar beneden komen dwarrelen. Eerst vallen er maar een paar, maar dan wakkert de wind aan en vallen er duizenden bloesemblaadjes tegelijk op mijn hoofd en handen. De bloesem danst springerig in het maanlicht en ik schud met mijn haren, steek mijn handen uit en vang de bloemen lachend op. Het is toch niet te geloven. Zit Hannah soms ook nog van daarboven de boel te besturen? Ik ga languit in het gras op mijn rug liggen en laat mezelf door de witte bloesemregen bedekken.

Het zachte ruisen van de wind in de bomen doet mij aan de zee denken.

Door de takken heen zie ik hoe Cassiopeia het wegduikende dolfijntje aan de zuidelijke hemel nog altijd achternajaagt.

Amsterdam, november 1997

De citaten zijn afkomstig uit:

Dante Alighieri, *Inferno*, in *La Divina Commedia*, Amsterdam: Meulenhoff 1973.
Ingeborg Bachmann, *Malina*, Frankfurt: Suhrkamp Verlag 1971.
Ovidius, *Metamorphosen*, vertaling M. d'Hane-Scheltema, Amsterdam: Athenaeum–Polak & Van Gennep 1993, pp. 113-115.
Rainer Maria Rilke, *Die Gedichte, Widmungen*, Frankfurt: Insel Verlag 1986, p. 1030.
Sappho, *Poems*, vertaling door Mary Barnard, Berkely: University of California Press 1958, p. 99.
Rudolf Spielman, *L'art du sacrifice aux échecs*, vertaling Sylvain Zinser, Parijs: Payot-Diffec 1977, pp. 7-9.